THE QUEEN OF CRIME
繁體中文版
20週年
紀念珍藏

# 問大象去吧

阿嘉莎·克莉絲蒂——著
張碧竹——譯

Agatha Christie®

Elephants Can Remember

# 通俗是一種功力

吳念真（導演、作家）

通俗是一種功力。絕對自覺的通俗更是一種絕對的功力。

這樣的話從我這種俗氣的人的嘴巴說出來，大概很多人要笑破褲底了。不過，笑完之後請容我稍稍申訴。這申訴說得或許會比較長一點，以及，通俗一點。

小時候身材很爛，各種遊戲競爭完全任人宰割，唯一隱遁逃避的方法是躲起來看書或聽大人瞎掰。那年頭窮鄉僻壤的小孩能看的書不多，小學二年級時最喜歡的是超大本的《文壇》，老師借的。看著看著，某天老師發現我的造句竟出現：「捧著：朝陽捧著一臉笑顏為群山剪綵」這樣亂七八糟的文字，就拒絕再讓我看那些超齡的東西了。

老師的書不給看，我開始抓大人的書看。一種是厚得跟磚塊一樣的日文書，對我來說那完全是天書，但插圖好看，經常有限制級的素描。另一種書是比較薄的，通常藏得很嚴密，只是裡面有太多專有名詞、重複的單字和毫無限制的標點，比如「啊啊啊」、「……！！！」

老讓我百思不解。有一天，充滿求知欲地詢問大人竟然換來一巴掌後，那種閱讀的機會和樂趣也隨著消失了。

所幸這些閱讀的失落感，很快從大人的龍門陣中重新得到養分。講到這裡，我似乎先得跟一個村中長輩游條春先生致敬，並願他在天之靈安息。

我所成長的礦區，幾乎全是為著黃金而從四面八方擁至的冒險型人物，每人幾乎都有一段異於常人的傳奇故事。這些故事當事人說來未必精采，但一透過游條春先生的嘴巴重現，有時連當事人都聽得忘我，甚至涕泗縱橫，彷彿聽的是別人的故事。

條春伯沒當過日本兵，可是他可以綜合一堆台籍日本兵的遭遇，一如連續劇般從入伍、受訓、逃亡荒島，面對同鄉同袍的死亡，並取下他們的骨骸寄望帶回故鄉，乃至骨骸過多搞不清哪是誰的等等，讓聽的人完全隨他的敘述或悲或笑，彷彿跟他一起打了一場太平洋戰爭。此外他也可以把新聞事件說得讓一個三、四年級的小孩，到現在仍記得當時腦中被觸動的畫面。例如當年瑠公圳分屍案的凶手做案之後帶著小孩到安東街吃麵（這讓我一直以為台北的安東街是條專門賣麵的街道），還有甘迺迪總統被暗殺、賈桂琳抱住她先生、安全人員跳上飛快的車子保護賈桂琳……當然，這記憶全來自條春伯的嘴巴而不是報紙。我的記憶全是畫面，有畫面，是因為條春伯說得精采，說得有如親臨他至死都還搞不清地理位置的達拉斯命案現場。

於是這小孩長大後無條件地相信：通俗是一種功力，絕對自覺的通俗更是一種絕對的功力。透過那樣自覺的通俗傳播，即使連大字都不識一個的人，都能得到和高階閱讀者一樣的感動、快樂、共鳴，和所謂的知識、文化自然順暢的接軌。也許就是因為這些活生生的例子，俗氣的自己始終相信：講理念容易講故事難，講人人皆懂、皆能入迷的故事更難，而能隨時把這樣的故事講個不停的人，絕對值得立碑立傳。

條春伯嚴格地說是有自覺的轉述者，至於創作者，我的心目中有兩個。一個是日本導演山田洋次，一個是推理小說家阿嘉莎．克莉絲蒂。

山田洋次創造了寅次郎這個集合所有男人優點跟缺點的角色，在以《男人真命苦》為名的系列下，總共完成百部左右的電影。它們的敘述風格、開頭、結尾的方法不變，唯一改變的是故事，是時代，是遍歷日本小鄉小鎮的場景。數十年來，看《男人真命苦》幾已成為日本人每年的一種儀式，一如新春的神社參拜。

數十年前訪問過山田導演，他說，當他發現電影已然有它被期待的性格時，電影已經不是導演自己的。他說：當所有人都感動於美人魚的歌聲時，你願意為了讓她擁有跟你一樣的腳，而讓她失去人間少有的嗓音嗎？

人間少有的嗓音與動人的歌聲，都來自山田導演絕對自覺的通俗創造。

再如阿嘉莎．克莉絲蒂，如果我們光拿出她說過的故事和聽過她故事的人口數字，就足以嚇死你。五十多年的寫作生涯，她總共寫出六十六本長篇推理小說，外加一百多篇短篇小說和劇本。其中有二十六本推理小說被改編，拍了四十多部電影和電視劇集。作品被翻譯成一百零三種文字的版本，銷量超過二十億本。

夠了。你還想知道什麼？知道二十億本的意義是什麼嗎？二十億本的意義是全世界平均三個人就有一個人讀過她的書，聽過她說的故事。

說來巧合，她和山田洋次一樣，創造出個性鮮明的固定主角（當然，前前後後她弄出來好幾個），然後由他（或是她）帶引我們走進一個犯罪現場，追尋真正的罪犯。

故事就這樣？沒錯，應該說這是通常的架構。那你要我看什麼？不急，真的不急，克莉絲蒂會慢慢冒出一堆足夠讓你疑惑、驚嚇、意外，甚至滿足你的想像力、考驗你的耐心和智商的事件來。

推理小說不都是這樣嗎？你說得沒錯，大部分是這樣，不一樣的是……對了，她像條春伯，像山田洋次，她真會說，而且她用文字說。

文字的敘述可以讓全世界幾代的人「聽」得過癮、「聽」個不停，除了聖經，也許就是克莉絲蒂。她不是神，但她真的夠神。

數十年前，台灣剛剛出現她的推理系列中譯本，那時是我結婚前，常有同齡的文藝青年來我租住的地方借宿，瞄到我在看克莉絲蒂，表情詭異地說：「啊？你在看三毛促銷的這個喔？」

我只記得他抓了一本進廁所，清晨四點多，他敲開我的房門說：「幹，我實在很討厭那個白羅……再拿一本來看看，我跟你說真的，要不是你的書，我真的很想把那個矮儸壓到馬桶吃屎！」

我知道他毀了，愛吃又假客氣，撐著尊嚴騙自己。克莉絲蒂再度優雅地撕破一個高貴的知識份子的假面具，她的手法簡單，那手法叫通俗，絕對自覺的通俗，無與倫比、無法招架的功力。

昔日的文藝青年如今跟我一樣，已然老去，但不時還會看到他寫一些充滿理念和使命感極重的文章，在報紙和雜誌上出現。我知道他要說什麼，只是常常疑惑他想跟誰說；同樣，我記得他說過什麼，但轉眼間忘記他說了什麼。但請原諒我，幾十年前那個晚上，他在我家看完的那兩本克莉絲蒂的小說內容，我可還記得清清楚楚。

也許有一天再遇到他的時候，我會問他之後是否還看過克莉絲蒂其他的書，如果沒有，我會跟他說，想讀要趁早，因為你會老、會來不及。至於白羅那個矮儸，大概永遠不會消失。哦，對了，還有一個叫瑪波，你說不定會來不及認識……

# 老派偵探之必要

冬陽（推理評論人，台灣推理作家協會理事長）

「讀者非常喜歡白羅這個人物，表示『那個開朗的小個子，過氣的比利時名偵探』。顯然白羅是這本小說受歡迎的一個原因，雖然白羅可能不贊同用『過氣』二字來形容他。」知名編輯兼作家經紀人約翰．柯倫（John Curran）在《阿嘉莎．克莉絲蒂的秘密筆記》一書如是說，文中提到的「這本小說」，正是克莉絲蒂初試啼聲、名偵探赫丘勒．白羅優雅登場的《史岱爾莊謀殺案》，一部於一個世紀前出版的偵探推理作品。

百年光陰的淬鍊顯然證明了白羅絕無過氣的疲態，連帶讓我聯想起電影《金牌特務》（*Kingsman*）上映後，大眾熱議西裝如何能帥氣俊挺歷久不衰——或許可以從這個切入角度，在這裡跟老書迷、新讀友探究這個蛋頭翹鬍子偵探（我沒有影射哪款洋芋片食品喔）的魅力所在。

且讓我們話說從頭。

「我敢打賭你寫不出好的推理小說。」一九一六年，阿嘉莎．米勒（克莉絲蒂婚前的舊姓）在媽媽的打字機上敲擊，打算回應姐姐梅姬這挑釁的話語。她努力嘗試，但故事寫得不好，於是改從身旁熟悉的事物著手——比方說毒藥。阿嘉莎在藥房工作過，曾在某個夜裡驚醒，匆匆回到調劑室重新配置，因為她不記得有沒有漏做一個重要步驟，否則病患就要去見閻王了——噢，這似乎是個謀殺好點子。

阿嘉莎還記得姨婆對她的叮嚀：要注意他人覬覦她珍藏的首飾，時時留意是不是有人偷偷拉長了耳朵聽她們的竊竊私語。小阿嘉莎不但執行得徹底，還把這個習慣寫進小說裡。同時她還注意到，因為世界大戰爆發，家鄉托基湧入許多比利時難民，不如讓一個逃難到英國的比利時退休警官擔任偵探？一定很有趣！

啊，偵探小說顧名思義，只要塑造出一個教人印象深刻的偵探，大概就成功一半。這個人物必須要有特色、有個性，甚至是怪癖，而且聰明又自負。好幾個名字浮現在她腦海裡：莫里斯．盧布朗（Maurice Leblanc）筆下的怪盜紳士亞森．羅蘋、卡斯頓．勒胡（Gaston Leroux）創造的新聞記者胡爾達必，當然還有那最最知名的夏洛克．福爾摩斯——連帶創造一個華生型的助手好了。該怎麼安排呢……

於是，一位偵探的樣貌漸漸成形：五呎四吋的小個兒，蛋型臉上蓄著保養得宜、梳理有型的鬍子，衣著一塵不染，漆皮鞋擦得錚亮。他有嚴重的潔癖，說話不時夾雜法語，喜歡成雙成對的東西，喜歡方的不喜歡圓的（雞蛋為什麼不是方的呢？），口頭禪是「動動灰色的腦細胞」。阿嘉莎心想，他應該要有個像福爾摩斯一樣響亮的名字，取名「赫丘勒斯」怎麼樣？希臘神話中的大力士。姓氏叫白羅，不過搭赫丘勒斯這個名字好像不配……改一下，赫丘勒．白羅好像不錯？就這麼定了吧！

白羅很聰明，懂得觀察入微沒錯，但這並不表示他就得是台獨尊腦袋、缺乏情感的冰冷思考機器，尤其要在人物關係錯綜複雜的莊園宅邸查案追凶，交際手腕得高明些才行。他不是在謀殺發生、屍體出現後才開始像頭獵犬四處嗅聞，而是憑藉旺盛的好奇心與強烈的同理心接觸各種人事物，進而探入被害者、犯罪者、各個看似無辜但多少都和事件沾上邊的關係者的心靈深處，佐以現今稱作鑑識、法醫等等科學鐵證（哎，證據人人知道，可是要怎麼跟真相合理地連結到一塊，這就是名偵探的功力啦），讓原本叫人束手無策的事件得以畫下完美句點。也因此，白羅偶爾能預測進而制止罪案的發生，甚至對殘酷但值得憐憫的罪行網開一面，這樣才合乎人性不是嗎？

婚後以阿嘉莎．克莉絲蒂為名，推出《史岱爾莊謀殺案》後深獲好評，相隔六年的《羅傑艾克洛命案》更是引發街談巷議，而克莉絲蒂全球暢銷前十大作品中，還包括《東方快車謀殺案》、《尼羅河謀殺案》、《ABC謀殺案》、《藍色列車之謎》、《底牌》、《五隻小豬之歌》，合計八部皆由白羅擔綱演出。讀者不只喜愛這個聰明角色，還臣服於平實流暢的文筆及相對顯得衝突的複雜劇情，冷酷的謀殺動機隱藏在細膩的人際關係裡，穿透看似單純、帶點童話氣息的表象後，端賴名偵探明察秋毫、撥亂反正。尤其讓一個比利時人在英國土地上辦案，是克莉絲蒂的小心思，因為「英國人總是不信任外國人，也不相信睿智」（語出英國偵探俱樂部主席馬丁．愛德華茲〔Martin Edwards〕），讀者同凶手一樣輕忽不設防，卻也得到了參與鬥智競賽的意外驚奇和美好滿足。

這樣的閱讀感受，我稱之為「老派偵探之必要」，因為它純粹簡約，經得起反覆咀嚼，猶如前述的西裝革履，在潮流更迭的時間長河裡維持恆久的優雅風範——呼應吳念真先生寫在「策畫者的話」中的一段文字，那不是惺惺作態的高傲睥睨，而是「絕對自覺的通俗，無與倫比、無法招架的功力」所致。

不信？往下讀去就知道。而且我敢打賭，你有很高的比例會將整個白羅系列嗑完，然後是瑪波小姐系列以及其他系列，當然也不可能錯過像名列暢銷首位的《一個都不留》這類獨立之作……

註　克莉絲蒂推理全集一至三十八冊為「神探白羅系列」，三十九至五十二冊為「神探瑪波系列」，五十三至八十冊包含鬼豔先生、湯米與陶品絲、雷斯上校、巴門主任等名探故事。

# 獻詞

阿嘉莎．克莉絲蒂是世界讀者最眾，也最廣受喜愛的女作家。
身為克莉絲蒂的孫兒，我相信奶奶會非常樂見這次出版，
因為她極以自己作品中的趣味與娛樂為豪。
歡迎所有喜歡本系列的台灣新讀者參與這場饗宴！

——馬修．培察（Mathew Prichard）

# 01 文壇餐會

奧利薇夫人正攬鏡自照，她斜斜瞄了一眼壁爐架上慢了二十分的鐘，又回頭繼續擺弄自己的頭髮。她不諱言她的毛病就是老愛將頂上的髮型變來變去。她幾乎嘗試過各種樣式，有時梳個龐巴度式[1]的高聳髮髻；有時如風吹草偃般將頭髮往後梳，好露出聰慧的前額……至少她希望額頭看來有智慧；她還試過緊編的鬈髮、試過一種有藝術氣息的凌亂髮型。她也知道，今天梳什麼髮型其實都沒關係，因為她準備改變以前的裝束，戴上一頂帽子。

奧利薇夫人的衣櫥頂層放著四頂帽子，一頂是專門在婚禮上戴的。參加婚禮時，帽子可

1 龐巴度式（pompadour）髮型是十八世紀深受女性歡迎的時尚髮型，帶起這股流行風潮的是法王路易十五的情婦龐巴度夫人（Madame de Pompadour）。

是「必備」的用品。為此，奧利薇夫人甚至還儲備了兩頂。裝在圓形硬紙盒裡的那頂是羽毛製的，十分服貼，即使下車走進教堂或者證券公司時遇上突如其來的暴風雨，這頂帽子仍會端端正正地緊貼在頭上。另一頂更為精緻的帽子，適合戴著參加夏日週末下午舉行的婚禮。它飾有花朵和薄綢，黃色網罩上還繫著含羞草。

架上的另外兩頂帽子則可在很多場合穿戴。有一頂奧利薇夫人稱之為她的「鄉居帽」，是用棕黃色毛氈做成的，帽簷可以上下翻摺，適合搭配各種式樣的粗呢服裝。

奧利薇夫人有一件喀什米爾套頭毛衣和一件熱天穿的薄套衫，兩件衣服的顏色都很適合這頂帽子。然而，兩件套衫很快就穿舊了，這頂帽子卻一次也沒戴過。因為，只不過是到鄉間和朋友吃一頓飯而已，哪有必要戴帽子？

第四頂帽子是最貴的，它的優點是非常耐用。奧利薇夫人有時想，可能正因為它很昂貴吧。這頂無簷帽由很多層對比鮮明的絲絨結繫而成，柔嫩的色調可以搭配各式衣服。

奧利薇夫人遲疑了一下，接著喊人來幫忙。

「瑪麗亞，」她叫了一聲，然後又提高聲量。「瑪麗亞，過來一下。」

瑪麗亞來了，她常被叫來替奧利薇夫人的穿著打扮出主意。

「你打算戴那頂漂亮又時髦的帽子嗎？」瑪麗亞問。

「對，」奧利薇夫人說，「你覺得這樣戴還是轉過來戴好看？」

瑪麗亞後退一步看了看。

「你把後面戴到前面來了，你知道吧？」

「對，我知道。」奧利薇夫人說，「我知道這樣戴反了，但就是覺得這樣比較好看。」

「哦，怎麼說？」瑪麗亞問。

「嗯，這樣比較雍容華貴，它總得讓我看起來跟價錢一樣貴重吧。」奧利薇夫人說。

「那為什麼你認為反著戴會比較好？」

「因為這樣才能露出那片漂亮的藍色和深棕色，我覺得比前頭的紅、綠、褐色好看。」

奧利薇夫人邊說邊把帽子拿下來又重新戴上，試著正面戴、反面戴、斜著戴，但她和瑪麗亞都不喜歡。

「不要橫著戴吧，它不適合你的臉型，什麼樣的臉型都不適合這種戴法。」

「是不太搭調，我想我還是把它戴正好了。」

「嗯，我想這樣比較保險。」

奧利薇夫人摘下帽子，瑪麗亞幫她穿上一件裁剪合身的淡紫褐色薄羊毛裝，再幫她把帽子戴好。

「你看起來真漂亮。」瑪麗亞說。

這就是奧利薇夫人喜歡瑪麗亞的原因，只要找到一點點機會，她就會適時地表達認同和讚美。

「你準備在餐會上演說嗎？」瑪麗亞問。

「演說！」奧利薇夫人嫌惡地說，「當然不會，你知道我從來不公開演說的。」

「哦，我還以為參加那種文藝界餐會的人都要上台演講的，你要去的就是這種餐會，對吧？一九七三還是哪一年的知名作家都會到場。」

「我不需要發表演說。」奧利薇夫人說，「有幾個喜歡發言的人會上台演講，他們比我能言善道多了。」

「我相信只要你花點心思，就可以講得很精采。」瑪麗亞努力勸誘。

「不可能的，」奧利薇夫人說，「我知道自己能做什麼、不能做什麼。我不會演講，我會又緊張又焦慮，還會結結巴巴或把同樣的事情說兩遍。我不只會讓人覺得很笨，而且看上去還很蠢。和文字打交道就簡單多了，我可以把它們寫下來、對著機器唸或者口述。我知道我可以掌握文字，就像我知道自己不會演說一樣。」

「那麼，希望你一切順利，而且我相信會的。那是個很盛大的午宴吧！」

「沒錯」奧利薇夫人意氣消沉地說，「非常盛大的午宴。」

為什麼，她思索著，為什麼我一定要去？她不斷詢問，因為她習慣先弄清楚自己的目的，而不是做過之後再納悶自己為什麼做了這件事。

「我猜，」她自言自語，因為這時火爐上的果醬溢了出來，飄來的氣味讓瑪麗亞匆匆忙忙趕回廚房去。「我是想去看看那是什麼樣子。我老是被邀請參加文壇餐會什麼的，但我從未參加過。」

§

奧利薇夫人正在享用那盛大餐宴的最後一道佳餚，她滿足地嘆了口氣，撥弄著盤裡殘留的蛋白甜餅。她特別偏愛蛋白甜餅，在這種餐宴中，安排它最後上場更顯相得益彰。不過人到了中年，就得小心蛋白甜餅了。她的牙齒？它們看起來還不錯，最大的好處就是不會痛，又白又美觀，就像真的一樣。但它們畢竟不是真牙。如果人的牙齒不是真的牙齒，奧利薇夫人認為，那都稱不上是真正高級材質。據她所知，狗的牙齒是真正的象牙質，人類的牙齒只不過是骨質，或是——如果是假牙——塑膠的。不管怎樣，重要的是千萬別讓假牙害你醜態盡出。像萵苣吃起來就很費勁，還有鹹杏仁、堅果夾心類的巧克力、黏牙的硬糖、美味但黏韌的蛋白甜餅也是。她滿足地噓口氣吃完最後一口，真是一頓不錯的午餐，非常棒的午餐。

奧利薇夫人喜歡安逸的生活，她很滿意這頓午餐，也喜歡同桌聚會的這些人。很幸運，這場為女作家慶賀的餐會不只邀請女作家出席，還邀請了別的作家、評論家和一些以讀書為業的人。奧利薇夫人坐在兩個氣度迷人的男士之間，她向來欣賞艾德溫．歐賓的詩，他為人風趣，有豐富多趣的國外旅行經驗，以及各種想像和親身經歷的冒險故事。他也熟悉各家餐館和美食，他們興致勃勃地談論著食物，文學的話題早被擱到一邊。

坐在另一側的衛斯理．肯特爵士也是個很好的餐伴，他一再稱讚她的作品，而且話說得十分得體，不至於令她覺得難為情，這種技巧很多人從來就不會。他會舉出一兩個理由來說明為什麼喜歡她的某幾本書，這些理由聽來十分中肯，奧利薇夫人也因而芳心大悅。奧利薇夫人忖度著，男人的讚美總是那麼受用，不像女人總是激動不已兼之滔滔不絕。想想那些女人寫給她的信，真的就是這樣！當然也不只是婦女，有時一些住偏遠地區的多愁善感青年也會這樣。就在上星期，她收到一封讀者來函，開頭便是：「看了你的書，覺得你真是個高貴的女子」；而讀完《第二條金魚》後，他就陷入一種強烈的癡迷狀態。奧利薇夫人只能說這太離譜了。這不是她過於謙虛。她雖然認為自己寫的偵探故事是同類小說中的佼佼者（當然有些是不怎麼樣，但有些比其他人的作品要好很多），即使如此，也沒道理就此認為她是個高貴的女人。她只是幸運地擁有寫作的天賦，而且贏得眾多讀者的喜愛。真是幸運啊！奧利薇夫人暗想。

大體而言，她已經順利通過這場試煉了。午餐非常愉快，也和好些有趣的人聊過天。此時眾人都走去端咖啡，順便變換同伴找其他人閒聊。奧利薇夫人心知，這時候最危險了，其他女人可能在這時向她進攻，用虛偽的讚美轟炸她，而她總是因為無法貼切回答而痛心，因為根本沒有任何答覆會是貼切的。這種對話就像國外旅遊書提供的示範用語，例如：

「我一定要告訴你，我好喜歡讀你的書，它們真的太精采了。」

手足無措的作家回答：

「嗯，那太好了，我很高興。」

「你知道嗎，我等了好幾個月要見你，能見到你真是太棒了。」

「噢，你真好，真的太好了。」

對話就這樣繼續下去，好像兩個人都沒有別的事情可講。聊天內容不是談你的書，就是談其他女人寫的書……如果你剛好知道她的書的話。你置身藝文圈中，卻不諳其中的社交門道。有些人擅長此道，奧利薇夫人則苦於缺乏這種能力。有次她隨外交使團出國訪問時，一位外國朋友就幫她上了一課。

「我聽到，」艾伯蒂娜用迷人低沉的外國腔說，「你回答一個報社記者的訪問內容，你沒有表現出……不！你沒有表現出對自己作品應有的自豪。你應該說：『沒錯，我寫得很好，我寫得比其他偵探小說家都好。』」

「可是我沒有啊，」當時奧利薇夫人回答，「我是不差，但……」

「哎喲，別說『我沒有』這些的，一定要說你就是，即使你覺得不是，也應該說是。」

「艾伯蒂娜，」奧利薇夫人說，「真希望由你來接受那些記者的採訪，你一定可以應付得很好。以後你能不能假裝成我，讓我在門後偷聽就好？」

「當然，我想我沒問題，那一定很有趣。不過他們會知道我不是你，他們認得你。你一定要說：『沒錯，沒錯，我知道我比其他人都好。』你要對每個人都這麼說，不僅要讓他們知道，還要讓他們也跟著這樣講。噢，真的，看你坐在那兒，像在為自己的成就向人道歉，真是可怕，下次別再這樣了。」

奧利薇夫人想，她就像個生澀的女演員在揣摩劇情，而導演發現她完全學不來。好啦，不管怎麼說，也不是那麼難。眾人離開餐桌前，已經有幾位女子在等著了，其實她已經看到有一兩個在左近徘徊。沒關係，她會微笑著走過去，親切地說：「你真好，我很高興，聽到有人喜歡我的書多快樂啊！」只是些陳腔濫調嘛，就像從箱子裡拿出幾個如珠鏈般串起來的字彙一樣，然後過不久她就可以走開了。

她環顧四周，也許可以找到一些朋友或所謂的書迷。沒錯，她遠遠看見莫林．格蘭特那個風趣的人。時候到了，那些女作家和隨行的男士都站了起來，湧向座椅、咖啡台、沙發和隱祕的角落。這是個危險時刻，奧利薇夫人常這樣想，不過這是指在酒會上，因為她很少參加文人的聚會。危險隨時會發生，比如有些人記得你而你卻不認得他們，或者有些人你根本就不想交談但又躲不掉。她首先碰到的難題就是這種情形。那是一個魁梧的女人，有一排碩大潔白咀嚼有聲的牙齒，在法國可能被叫作 une femme formidable[2]。不過她絕對不只是法國人形容的那種令人生畏，她更具有英國人所說的霸道跋扈。她顯然認識奧利薇夫人，要不就是打定主意非當場結識不可。接下來的情形是：

「噢，奧利薇夫人，」她拉高聲音說，「能見到你真是榮幸啊，我期待很久了呢。我真喜歡你的書，我兒子也是，我先生還說不帶一兩本你的書就沒辦法旅行。過來吧，請坐，我有很多話想問你。」

唉，奧利薇夫人想，我不喜歡這種女人，不過其他人也沒什麼兩樣。

奧利薇夫人任由她像警察一樣專制指揮著，她被帶到橫跨角落的雙人沙發前，這位新朋友接過咖啡遞給她，也放一杯在自己面前。

「我們就坐這兒。我想你不認識我吧，我是伯登卡夫人。」

「噢，是……」

奧利薇夫人又像往常一樣困窘。伯登卡夫人？她也寫書嗎？她真的想不起這個人，但又好像聽過這名字。她腦裡閃過一絲模糊的記憶。是有關政治類的書？絕不是小說、不是閒書、不是犯罪故事，也許是帶有政治偏見的嚴肅論文？那這個簡單，奧利薇夫人鬆了一口氣，就讓她去說，我只要不時說聲「多有趣啊！」就可以了。

「真的，我要說的話一定會讓你大吃一驚。」伯登卡夫人說，「從你的書中，我感覺到你是個善體人意的人，你非常了解人性。要說有誰能夠回答我這個問題，我想那就是你了。」

「不會吧，真的……」

奧利薇夫人努力找尋適當的字眼，表示她恐怕無法擔當大任。

伯登卡夫人拿一塊方糖浸到咖啡裡，然後嘎吱嘎吱地咬起來，像在嚼骨頭似的。也許她的牙齒是象牙質的，奧利薇夫人暗想。象牙質？狗的牙齒是象牙質，海象的也是，當然，大象的也是，而且又長又大呢。伯登卡夫人正說著：「我要問你的第一件事是……我很確定不

2　法語，意思是「難纏的女人」。

會錯：你有個教女，叫西莉亞．雷文克，對不對？」

「噢！」

奧利薇夫人甚感驚喜。要談教女的事就比較簡單了，她有很多教女和教子可以談。她得承認，上了年紀以後，常常都記不得他們了。她該盡的責任都有做到，比如孩子們小的時候，適逢聖誕節要送點玩具、偶爾去探望他們的家人，或讓他們來拜訪你；有時要把男孩們從學校接出來，女孩也一樣。然後最重要的日子來了，孩子二十一歲生日那天，教母得送個大禮讓大家都看到，還得送得大方體面；在他們的婚禮上，也得送出同類的禮物，再加上賀金或別的什麼以示祝福。之後教子們就離你愈來愈遠了，他們結婚、出國、派駐外地、到國外教書，或從事各種工作，總之，他們就這樣逐漸消失遠去。哪天他們突然再度浮出地平面，你會很高興，不過，你必須記得住最後一次見到他們是什麼時候、他們是誰的孩子、你又是為了什麼才成為他們的教母。

「西莉亞．雷文克，」奧利薇夫人絞盡腦汁回想，「是的，是的，沒錯。是的，有這個人。」

她記不起來西莉亞．雷文克的樣子。記不起來，時間太久了。應該是洗禮的時候吧，她參加了西莉亞的洗禮，還送了一個非常好的安妮女王風格的銀質濾器。東西很精細，濾牛奶很好用，而且哪天教女需要現金的時候，還可以賣個好價錢。是的，她確實清楚記得那個銀濾器，一七一一年安妮女王時代製造，上頭有不列顛標記。顯然記住銀質咖啡壺、濾器或洗禮的水杯，要比記住那個小孩還容易。

「是的，」她說，「是的，沒錯，不過我很久沒見過西莉亞了。」

「哦，這樣啊。她可是個性格衝動的女孩，」伯登卡夫人說，「我是說，她常常改變主意。當然囉，她很聰明，在學校功課很好，只是她的政治見解……不過，我想現在的年輕人都有自己的政治立場吧。」

「恐怕我不太懂政治。」對奧利薇夫人來說，政治最是令人厭惡。

「好了，我準備跟你吐露祕密了。我會告訴你為什麼我要徵求你的意見。你應該不會介意才對，我聽很多人說你多親切、多有耐心。」

莫非她想借錢？奧利薇夫人思忖著，很多來借錢的人都是這樣起頭的。

「你知道嗎，現在這個時刻對我意義重大，我真的一定要找到答案。西莉亞要……或者說她認為她要嫁給我兒子德斯蒙了。」

「噢，真的呀！」奧利薇夫人說。

「至少他們目前是這樣打算。當然啦，人總要互相了解，而有些事我很想弄清楚。但這件事很不尋常，我沒辦法隨便找個人問，我不能去……嗯，我是說，我總不能隨便去問個陌生人。不過我覺得你不是陌生人，親愛的奧利薇夫人。」

奧利薇夫人想，我倒希望你覺得我是。她開始不安，不知道西莉亞是否有個私生子，或者正懷著小孩？她是不是認為她——奧利薇夫人——知道這件事而且可以詳細交代？那豈不太難堪了。話說回來，奧利薇夫人又想，我已經五、六年沒見過她，她應該也二十五、六歲了，那只要說我什麼都不知道就可以了。

伯登卡夫人身體前傾、呼吸沉重。

「我來問你是因為我相信你一定知道這件事，或者很清楚事情是怎麼回事。她母親是不是害死了她父親，還是她父親害死了她母親？」

奧利薇夫人完全沒料到會是這樣的問題，她難以置信地瞪著伯登卡夫人。

「但是我不……」她停了一下。「我……我不明白。我是說……為什麼……」

「親愛的奧利薇夫人，你一定知道吧？這件事這麼轟動。當然，事情過去很久了，嗯，至少有十到十二年了吧，但當時這件事那麼受到關注，我相信你一定還記得，你應該記得。」

奧利薇夫人絕望地回想著。西莉亞是她的教女，這確實是真的。西莉亞的母親……沒錯，西莉亞的母親原名叫莫莉．培思東奎，是她的朋友，但不是特別親密，她嫁給一名軍人，叫什麼雷文克爵士的。或者他是個外交官？真奇怪，竟然想不起來了。她甚至記不得自己是否擔任過莫莉的伴娘。應該有吧，那場婚禮相當新潮，是在葛切波還是哪裡舉行。但她真的全忘光了。之後他們有好多年沒見，他們搬去別的地方了。是中東、波斯還是伊拉克？有一段時間在埃及嗎，還是馬來西亞？有一次他們回英國時雙方碰面了，但看著他們就像瞧著照片一樣，你隱約記得照片中人，照片卻已然褪色，你實在認不出任何人，也記不得他們是誰。現在她就想不起那個什麼雷文克爵士和原名莫莉．培思東奎的雷文克夫人與自己有過什麼深交，應該沒有。然而……伯登卡夫人仍盯著她，似乎很惋惜她缺乏 savoir-faire[3]，竟然記不得這件 cause célèbre[4]。

「害死？你是指……意外事故？」

「噢，不，不是意外事故。事情發生在一間海邊的房子裡，應該是在康沃爾，有個岩石遍布的地方，他們在那兒有棟房子。他們雙雙陳屍在懸崖上，你知道，中彈身亡。但警方沒辦法判斷到底是妻子殺了丈夫然後自殺，還是丈夫槍殺妻子後再自盡。他們分析了各種證物，子彈和其他東西，但發現困難重重。警方推測可能是相約自殺。我忘了當時的判決，好像是以意外事故之類的理由結案。但是人人都知道事出有因，所以當時有許多傳聞……」

「也許每個人都編了一個故事。」奧利薇夫人滿懷希望地努力回想一兩個或許聽過的故事。

「嗯，有可能，這很難說，我知道。有人說他們當天或前幾天大吵了一架；有人說是出現了另一個男人；當然更常聽說的是出現別的女人，但沒有一個人知道實情。我想，事情會迅速沉寂下來，主因是雷文克將軍的地位相當高。據說那年他常待在一家療養院，身體好像

3　法語，意思是「本領、才幹」。
4　法語，意思是「著名的案件」。

很衰弱，連自己在做什麼都搞不清楚。」

「很遺憾，」奧利薇夫人堅定地說，「我真的完全不清楚這件事。是你剛才一提，我才想到有這麼一件案子，想起那些名字，還有我認識的那些人。但我完全不知道內情，我確實一無所知……」

奧利薇夫人真希望自己有勇氣說：「你憑什麼這麼無禮地向我追問我不知道的事情？」

「這件事對我而言非常重要。」伯登卡夫人說著，冷酷無情的眼睛睜得晶亮。「它很重要，你知道，我兒子，我親愛的孩子就要娶西莉亞了。」

「很抱歉我幫不上忙。」奧利薇夫人說，「我一無所知。」

「可是你一定知道的，」伯登卡夫人說，「你寫了那麼多精采的故事、那麼了解犯罪，你知道誰會是凶手，還有他們犯罪的理由。只要關心這些案件的人，一定可以告訴你事件背後的內幕。」

「我什麼都不知道。」奧利薇夫人說，她的聲音不再那麼有禮，語氣顯然有點厭煩了。

「可是你也知道，我真的不曉得還有誰可以問。我是說，都這麼久了，總不能去問警察吧？他們大概不會告訴我什麼，因為顯然他們就是想把這件事壓下去，但是我覺得把真相挖出來是很必要的。」

「我只會寫書，」奧利薇夫人冷淡地說，「它們完全是虛構的，我個人不了解犯罪，對犯罪學也沒有研究。所以，很抱歉，我完全無能為力。」

「但是你可以去問你教女啊，去問西莉亞。」

「問西莉亞！」奧利薇夫人再次瞪大了眼。「我怎麼能做這種事呢！她是……這件慘案發生時，她還只是個孩子。」

「噢，可是我覺得她清楚得很。」伯登卡夫人說，「小孩什麼都知道的。她會告訴你的，我相信她會告訴你。」

「我認為你最好親自去問她。」奧利薇夫人說。

「我可不能做這種事。」伯登卡夫人說，「你知道，德斯蒙會不高興，他很……唉，一碰到西莉亞的事他就很多心。我真的不能……不能……我相信她會跟你說。」

「我不可能去問她。」奧利薇夫人佯裝看了一下錶。「噢，天哪，」她說，「我們在這個愉快的餐會裡都待這麼久了。我得趕快走了，還有個非常重要的約會。再見，呃，巴……巴大卡夫人，真抱歉我幫不上忙，這些事情確實很敏感。在你看來，它真的那麼重要嗎？」

「噢，我認為相當重要。」

這時，奧利薇夫人熟稔的文友恰好經過，奧利薇夫人跳起來抓住她的手臂。

「露易絲，親愛的，見到你真高興，我沒注意到你也來了。」

「哦，阿蕊登，好久不見，你苗條好多！」

「你嘴巴總是這麼甜，」奧利薇夫人邊說邊挽著她手臂離開沙發。「我正要離開，因為還有個約。」

「我猜你是被那個可怕的女人絆住了，對吧？」朋友說著，回頭看看伯登卡夫人。

「她問了我一堆奇怪的問題。」奧利薇夫人說。

「噢，你沒辦法回答嗎？」

「沒辦法，因為那一點也不關我的事，我什麼都不知道。而且，我也不想回答。」

「是有趣的事嗎？」

「我想，」奧利薇夫人說著，閃過一個新念頭。「應該算很有意思吧，只是……」

「她追過來了。」朋友說，「走這邊，我陪你出去，如果你沒開車來，我載你到你要去的地方。」

「我從來不在倫敦開車，太難停車了。」

「我知道，簡直是難得要命。」

奧利薇夫人在進場禮貌地道別、愉悅地致謝後，汽車一會兒就走在倫敦的廣場上了。

「你住伊頓坡對不對？」好心的朋友問道。

「沒錯，」奧利薇夫人說，「但我現在要去……應該叫白崗大廈，名字記不得了，但我知道在什麼地方。」

「噢，那棟公寓大樓很時髦，方方正正，都是幾何圖形。」

「正是。」奧利薇夫人說。

# 02 首度提及大象

結果她那位朋友赫丘勒．白羅不在家。她只好回家後再致電聯絡。

「今晚你會在家嗎？」奧利薇夫人問。她坐在話機旁，指尖焦急地敲著桌子。

「您是……」

「阿蕊登．奧利薇。」

奧利薇夫人很訝異她還得報上名字，她一直以為她所有的朋友一接到電話就知道是她。

「是的，今晚我都在家，那是否意味著您要大駕光臨？」

「你真會說話。」奧利薇夫人說，「還不知道你歡不歡迎我去拜訪呢。」

「我一向很高興見到你，親愛的夫人。」

「我不知道，」奧利薇夫人說，「我可能要……嗯，麻煩你。我想問一些事情，想聽聽你的意見。」

「我隨時樂意奉告。」白羅說。

「發生了一些事，」奧利薇夫人說，「很煩人的事，我不知道該怎麼辦。」

「所以你想來見我。我不勝榮幸，太榮幸了。」

「什麼時間方便呢？」奧利薇夫人問。

「九點好嗎？也許我們還可以喝杯咖啡，除非你喜歡石榴汁或黑醋栗果汁。不過我記得你不喜歡。」

§

「喬治，」白羅對他無可取代的男僕說，「今晚奧利薇夫人將來造訪，準備咖啡，我想或許也準備一些甜酒，我一直記不得她喜歡什麼。」

「我見過她喝櫻桃白蘭地，先生。」

「我想她也喝薄荷甜酒，不過更喜歡櫻桃白蘭地。好吧，」白羅說，「就這樣。」

§

奧利薇夫人一分不差地準時到達。晚餐時白羅一直在想，究竟是什麼問題促使奧利薇夫人前來拜訪呢？為什麼她會這麼猶疑不決？難道是要帶來一道難題或告訴他一宗罪行？就白羅所知，以奧莉薇夫人而言，什麼情況都有可能。可能是很普通的事，也可能是最離奇的事；可以說就和她這個人一樣。他覺得她很煩惱，嗯，赫丘勒．白羅想，他可以應付奧利薇夫人，他一向很能應付她。有時她會惹惱他，但同時又令他著迷，他們共同經歷過許多事情。今天早上，他才在報上讀到關於她的報導……還是在晚報？可得在她到達之前想起來。而他剛記起來，她人就到了。

她走進房間，白羅先前推斷她很焦慮一事果然正確。她精心梳理的頭髮因狂亂不安地抓撓而凌亂了。他愉快地招呼著，請她坐到一把椅子上，為她倒了杯咖啡，又遞給她一杯櫻桃白蘭地。

「噢，」奧利薇夫人寬慰地嘆道，「我想你一定覺得我很傻，可是……」

「我了解。我在報上讀到你參加一個文壇餐會，場內都是知名女作家等等的。我以為你從來不參加這類聚會。」

「通常我是不去的，」奧利薇夫人說，「以後我也不會去了。」

「啊，你受到很多騷擾？」白羅同情地說。

他知道奧利薇夫人在什麼情況會覺得困窘，過分稱讚她的作品就會讓她心煩意亂，她曾提過，她一直不知如何回應這類誇讚。

「你不喜歡這次聚會嗎？」

「本來還算開心，」奧利薇夫人說，「可是後來發生了一些煩人的事。」

「啊哈，這就是你來找我的原因。」

「對。我也不知道為什麼，我是說，這和你毫不相干，也不是你有興趣的事。我自己也沒興趣，不過，我又想了解你的想法，想知道，嗯，如果你是我會怎麼做。」

「這個問題很難有答案，」白羅說，「我知道我赫丘勒·白羅會怎麼做，儘管我也很了解你，但還是不知道你會怎麼做。」

「這次你一定可以給點意見，」奧利薇夫人說，「我們認識那麼久了。」

「大約有……二十年了吧？」

「噢，我不知道，我一直記不得哪年哪天發生過什麼事，你也知道我很容易弄混。我記得一九三九年，因為那年戰爭爆發，記得其他日子則是因為一些零零星星的怪事。」

「總之，你參加了文壇餐會，但不是很愉快。」

「午餐很棒，可是後來……」

「有人跟你說了什麼？」白羅如同醫生問診般親切地說。

「嗯，他們才剛要過來說話，突然就有個蠻橫的大塊頭女人闖了過來。她喜歡支配別人，弄得你很不舒服。知道嗎，她就像個捕蝴蝶的人，只差沒拿捕蝶網而已。她捉到我，把我推到沙發上，然後就開始談起我的一個教女。」

「啊，是你疼愛的教女嗎？」

「我有好多年沒見過她了，」奧利薇夫人說，「我不可能跟每個人都頻繁聯絡。後來她問了一個很讓人困擾的問題，她要我……噢，天哪，真難以啟齒……」

「不會的，」白羅溫和地說，「這很容易，每個人遲早都會把事情告訴我。你看，我只是個外國人，不會有什麼問題。這不難，因為我是個外國人。」

「嗯，跟你吐露確實比較方便，」奧利薇夫人說，「她問起那個女孩的父母，又問到底是她母親殺死她父親，還是她父親殺死她母親。」

「請再說一遍！」白羅說。

「噢，我知道聽起來很荒謬，唉，確實很荒謬。」

「『是你教女的母親殺了她父親，或者她父親殺了她母親』？」

「對。」奧利薇夫人說。

「但……這是真實事件嗎？她父親真的殺了她母親，或者她母親殺了她父親？」

「嗯，他們雙雙中彈身亡，」奧利薇夫人說，「陳屍在某個懸崖上，記不得是康沃爾還是在科西嘉了。」

「那麼是真有其事囉？後來她又說了什麼？」

「噢，這部分是真的，事情發生在好多年以前，不過我的意思是說……為什麼要來找我呢？」

「因為你是偵探小說家啊，」白羅說，「她一定以為你對犯罪事件瞭如指掌。這件事真的發生過？」

「噢，沒錯。這不是那種『如果你媽殺了你爸或者你爸殺了你媽，A會怎麼做、怎麼安排最妥當？』的問題。這可是真實案件哪。我想最好從頭說起……當然，我記不得所有細節，但當時這事件很受矚目。那是大約……嗯，我想至少是十二年前的事了。還有，我也記得他們的名字，因為我認識他們。那位妻子是我同學，我和她很熟，我們是朋友。那件案子很轟動，所有報章雜誌都有報導。阿利斯泰．雷文克爵士和夫人非常恩愛，他是個上校或將軍，她跟著他走遍了全世界。最後他們在某個地方落腳時買了這棟房子……我想是在國外，但記不清了。然後報上突然報導了這個案件，若不是有人殺了他們，或者他們被暗殺，不然就是他們相互槍殺對方。我想凶器是一把左輪手槍，放在屋子裡很多年了……好啦，我最好把想得起來的部分都告訴你。」

奧利薇夫人打起精神，把當初聽說的事情巨細靡遺地告訴白羅，白羅則偶爾打岔追問細節。

「但是，」最後他說，「為什麼這個女人想知道這件事？」

「嗯，這就是我想弄清楚的，」奧利薇夫人說，「我想我可以去找西莉亞，她還住在倫敦……或是劍橋或牛津。她應該已經取得學位，不是在哪裡講課就是教書。我想她一定也像時下年輕人一樣，和一些留長頭髮、奇裝異服的人混在一起。她應該沒有吸毒，很正常，只是我很少收到她的信。我是說，她只有在聖誕節這些節日才寄張卡片給我。唉，我總不可能一天到晚想著我的教子教女，她都已經二十五、六歲了。」
「還沒結婚？」
「還沒，看來她正準備結婚，或者只是計畫要嫁給……那個女人叫什麼？噢，對了，布列多夫人……不對，伯登卡夫人的兒子。」
「伯登卡夫人不希望她兒子娶這個女孩，因為她父母殺了對方是嗎？」
「嗯，我猜是這樣，」奧利薇夫人說，「這是唯一可能的理由。但這有什麼關係？就算是你父親或母親殺了對方，這對你的婆婆會有什麼影響？扯得太遠了吧。」
「一般人多少會顧忌這種事，」白羅說，「這真是，嗯，真是有意思。我不是說阿利斯泰・雷文克先生或他夫人很有意思，而是我隱約記得，有個案件和這件事很像，但應該不是同一樁。不過伯登卡夫人的行為很令人不解，可能在盤算什麼。她很疼她兒子嗎？」
「有可能，」奧利薇夫人說，「也許她根本就不想讓他娶這個女孩。」
「因為她可能遺傳了父母謀殺配偶的本性？」
「我怎麼知道？」奧利薇夫人說：「她似乎認定我知道答案，而且她也沒跟我說太多。你看到底是為什麼？有什麼內情嗎？這意味著什麼？」
「解這謎挺有趣的。」白羅說。
「嗯，所以我才來找你，」奧利薇夫人說，「你喜歡探查真相，追查那些表面上看不出緣由、沒人理解的事情。」

「你覺得伯登卡夫人有沒有預設的答案？」白羅說。
「你是指認定是那位丈夫殺了妻子，或者妻子殺了丈夫？我想沒有。」
「好了，」白羅說，「我明白你的難處了，那的確讓人很好奇。你剛從一個聚會回來，有人要求你做一件強人所難、幾乎不可能執行的事，所以你想知道該怎麼處理這件事會比較恰當。」
「嗯，你覺得怎麼做比較好呢？」奧利薇夫人說。
「很難回答，」白羅說，「我不是女人。這個女人你並不認識，她只是一個在聚會上遇到的人，卻莫名其妙把問題丟給你，要你回答。」
「對啊，」奧利薇夫人說，「現在阿蕊登我該怎麼辦？換句話說，如果你在報上讀到這個問題，這個人該怎麼做？」
「嗯，我想，」白羅說，「這個人有三條路可走。可以寫個短箋給伯登卡夫人說：『非常抱歉，這件事真的礙難從命』或其他什麼的。第二，找到你的教女，把她未來的婆婆問你的問題轉告她。你可以弄清楚她是不是真的想和這個年輕人結婚？如果是認真的話，她有什麼想法？男生有沒有提過他母親在想什麼？這樣會開發出另一些有趣的問題，譬如那女孩對這個未來的婆婆有什麼看法。第三條路，才是我強烈建議你做的，那就是……」
「我知道，」奧利薇夫人說，「是一句話。」
「什麼都不做。」白羅說。

「是呀。」奧利薇夫人說，「我知道這是最簡單、最恰當的方法，什麼都不做。向教女開口說她未來的婆婆正在到處打探事情，這種事太丟臉了，不過……」

「我知道，」白羅說，「人都有好奇心。」

「我想知道那個可惡的女人為什麼要對我說這些。」奧利薇夫人說，「只有弄清楚真相，我才能釋懷，忘掉這一切，不過一旦我知道以後……」

「是，」白羅說，「你就睡不著了。依我的了解，你會徹夜難眠，你會竄出一堆奇特、誇張的念頭，還可以就此寫出非常吸引人的犯罪故事、偵探小說、恐怖小說，什麼都有可能。」

「嗯，如果我朝那方向推想，是可以寫出來。」奧利薇夫人眼裡微光閃爍。

「別去管它吧，」白羅說，「這事不容易處理，而且你也沒理由去蹚這渾水。」

「但我想確定我真的沒理由懷疑。」

「好奇心真是有趣的東西，」白羅嘆了口氣說，「想想它造就了多少歷史演變。好奇心！不知道是誰發明的，據說和貓有關，好奇心害死貓。不過我看是希臘人發明的，他們想要『知道』。據我所知，在他們之前沒人想多知道，一般人只想知道國家的法規是什麼、怎樣才不會被砍頭、不會被釘在尖柱上或遭遇不幸。他們只有服從和不服從兩種做法，從來沒想過要知道『為什麼』。自從人們開始追問為什麼之後，隨之發展出許多物品，船、火車、飛機、原子彈、盤尼西林和治療各種疾病的藥品。小男生看到媽媽的水壺蓋被蒸氣掀開，接下來我們知道的就是火車出現了，然後又有了鐵路罷工等等事情。」
「老實告訴我，」奧利薇夫人說，「你覺得我是個好管閒事的人嗎？」
「不，我不覺得。」白羅說，「其實我不覺得你是個好奇心太重的人，不過我也了解，你在那種文壇聚會中很不自在，得忙著避開那太多的讚美、太多的好意，卻反而陷入進退維谷的窘境中，所以你相當厭惡那些不識相的人。」
「沒錯，她是個非常討人厭的女人，讓人很不愉快。」
「據你所知，這起謀殺案的當事者，夫妻感情恩愛，沒有明顯的吵架記錄，沒有人找得出特別的原因是嗎？」
「他們是被槍殺身亡的。沒錯，他們是受到槍擊，有可能是相約自殺，我想警察一開始是這麼推斷。當然，過這麼久了，沒有人能找到答案了。」
「不，有可能，」白羅說，「我想我可以查出一點東西。」
「你是說，靠你那些生活刺激的朋友？」
「嗯，我不會稱他們是生活刺激的朋友。當然我有些管道暢通的朋友，可以調出特定的檔案，查詢那件刑案的紀錄，我有辦法取得需要的資料。」
「你可以查出真相，」奧利薇夫人滿懷希望地說，「然後告訴我。」
「沒錯，」白羅說，「我想至少我可以讓你得知那個案件的全貌，不過要一段時間。」
「你做事的方法我了解。那是我請求你幫忙的部分原因。至於我自己，也該做點事、出點力。我得去找這個女孩，探探她知不知道內容，問她要不要我去嘲弄一下她未來的婆婆，或者有什麼需要我幫忙的。我還想見她要嫁的那個男孩。」

「很好，」白羅說，「非常好。」

「我想，」奧利薇夫人說，「可能會有一些人……」她停了下來，皺起眉頭。

「我想他們不會很合作，」赫丘勒·白羅說，「這是個很久以前的案子，雖然當初可能喧騰一時。但就算如此，你又能想起什麼呢？除非它有個驚人的結局，可是這件案子沒有，沒人記得。」

「的確，」奧利薇夫人說，「確實如此。當時報上大幅報導，熱鬧了一段時間，只是最後卻無疾而終。嗯，現在就是這樣，像以前有個女孩，你知道嗎，有一天突然跑不見了，家人到處都找不到，那大概是五、六年前的事。突然有一天，有個在沙灘或沙坑玩耍的小男孩偶然發現了她的屍體，但已經是五、六年後了。」

「沒錯，」白羅說，「然而從那具屍體死亡的時間、當天發生什麼事的線索，再回頭查閱當時各種書面記錄，我們最後就有可能找出凶手。但你的問題比較困難，因為看來答案只有兩種可能：若非丈夫不喜歡他的妻子、想擺脫她，就是妻子痛恨她丈夫，或自己有了情人。這樣一來，這可能是一起情殺案或完全不同的案件，總之，就和當時一樣，查不出結果。既然當時警察破不了案，必然是犯案動機非常隱晦難尋，也才會變成轟動一時卻不了了之的事。」

「我想我可以去看看那個女孩，也許這就是那個女人找上我的原因，她認為那女孩知道內情……嗯，也許她真的知道。」奧利薇夫人說，「小孩就是這樣，什麼離奇的事他們都知道。」

「當時你教女多大了？」

「嗯，推算一下就知道，但我沒辦法馬上算出來。大概九歲或十歲，可能更大些，我不確定。記得那時她在學校，不過這可能只是我看到報導時留下的印象。」

「你認為伯登卡夫人的目的，是叫你從這女孩身上挖資料？可能那個女孩真的知道什麼，可能她跟伯登卡夫人的兒子說過什麼，然後兒子又告訴母親。我猜伯登卡夫人自己問過那個女孩但碰了釘子，那麼，知名的奧利薇夫人既是她教母又熟知犯罪案件，應該可以套出她的話來。不過，我還是想不透此事究竟與她何干。」白羅說，「對我來說，你籠統稱作『人們』的那些人也幫不上忙，」他又加上一句：「誰會想得起來？」

「嗯，我想某些人會。」奧利薇夫人說。

「不會吧！」白羅略感迷惑地看著她說，「真會有人記得？」

「嗯，」奧利薇夫人說，「我其實想的是大象。」

「大象？」

如同以往，白羅只感到奧利薇夫人實在很不可思議，怎麼會突然提起大象？

「昨天午餐時我就想起大象。」奧利薇夫人說。

「為什麼會想起大象？」白羅好奇地問。

「嗯，我想到牠們的牙齒。你也知道，用假牙沒辦法好好吃東西，你得謹記什麼能吃什麼不能吃。」

「啊哈！」白羅深深嘆了口氣。「沒錯，沒錯。牙醫師可以做很多事情，不過也不是萬能的。」

「對。然後我想到，人的牙齒只不過是骨質，不算好，像狗就很好，狗牙是象牙質的。後來我又想到其他有象牙質牙齒的動物，如海象和……噢，諸如此類的動物。我還想到了大象，談到象牙當然會想到大象，不是嗎？巨大的象牙。」

「千真萬確。」白羅仍搞不懂奧利薇夫人到底想說什麼。

「所以我想，我們現在要找的就是那些像大象的人。據說大象的記性很好，從來不會忘記事情。」

「對，我聽過這種說法。」白羅說。

「大象不會忘記事情。」奧利薇夫人說，「你知道有個說給孩子們聽的故事嗎？有個印度裁縫把針戳進一頭大象的象牙裡……不，不是象牙，是牠的鼻子，象鼻子。後來過了好幾年了，有一天那頭大象再次經過時，竟然含了滿滿一大口水，噴了裁縫一整身。大象不會忘記舊事，牠記得很清楚。這就是重點，大象會記得，我要做的就是找出幾隻大象來。」

「我不確定自己是不是了解你的意思，」赫丘勒．白羅說，「你要把那些人歸類為大象？聽起來你好像要到動物園找線索。」

「嗯，不是啦。」奧利薇夫人說，「不是指真的大象，是在某方面類似大象的人。有些人的記性很好，事實上，人有時會記得一些奇特的事，像很多事我現在都還歷歷在目。我記得我五歲的慶生會中有個粉紅色蛋糕，很可愛的粉紅色蛋糕，上面有隻糖做的小鳥。我還記得那天我的金絲雀飛走了，我哭了。我也記得有一天到田裡去，看到一頭公牛，有人唬我說牠會撞我，我嚇得直想跑開，這些我都記得相當清楚。還有一個星期二——我不知道為什麼會記得是星期二，但就是星期二——我記得那次郊遊採黑莓很好玩，記得我被刺傷了，可是我採的黑莓比別人多，真的好好玩！那時我應該是九歲。不過也未必是那麼久遠的事。我這輩子參加過數百次婚禮，但回想起來，只有兩次的印象特別深。一次是我當伴娘，婚禮在新森林國家公園舉行，但我忘了是誰結婚，好像是個表姐，我和她不熟，可是她希望有很多伴娘，所以我就順便去了。還有一場婚禮，新郎是一個海軍，他曾經差點淹死在潛艇裡，後來被救上來，女方家人反對這樁婚事，但他們還是結婚了，我也是伴娘。反正，我的意思是，總有一些事你會牢記不忘。」

「我明白了，」白羅說，「很有趣。那麼你會去 à la recherche des éléphants[5]？」

「對，我必須先查出確切日期。」

「嗯，」白羅說，「希望我可以幫上忙。」

「接下來，我要回想一下那時認識的人，那些也認識我某些朋友的人，他們也許認識那個什麼將軍。他們可能是在國外結識的，而這些人我也認識，只是很多年不見了。我可以去找那些久未相見的朋友，人都樂於見到舊識，即使不太記得你，這時自然就會聊起記憶中的往事。」

「非常有趣，」白羅說，「看來你早已準備就緒了。不管交情深淺，總有人認識雷文克；有人當時住在案發現場附近，而且可能現在還住那邊。找起來是挺困難的，但我想總會有所收穫，無論如何還是要挑戰一下。先聊一聊已經發生的事，問他們覺得發生過什麼事、別人說過發生了什麼事。談談那位丈夫或妻子有沒有風流韻事，有沒有誰繼承了遺產，我想能挖出很多東西來。」

「噢，天哪！」奧利薇夫人說，「真怕被看成是好管閒事的人。」

「你接下了一項任務，」白羅說，「不是來自你喜歡的人、你樂於聽命的人，而是某個你完全不喜歡的人。這沒關係，你是在從事探索，對知識的探索。你有自己的路，大象之路。問大象去吧，Bon voyage[6]。」

「你說什麼？」奧利薇夫人說。

5 法語，意思是「尋找那些大象」。

6 法語，意思是「旅途愉快」。

「我在送你踏上探索的旅程，」白羅說，「去尋找大象。」

「我想我是瘋了。」奧利薇夫人難過地說，她又開始抓搔頭髮，看起來很像是圖畫書裡的彼得[7]。「我正在構思一本書叫《金色獵犬》，可是很不順利，不知從何著手，如果你了解我的意思。」

「那麼，先別管金色獵犬，專心在大象身上吧。」

7　德國心理醫師海因里希・霍夫曼（Heinrich Hoffmann, 1809-1894）的童書《披頭散髮的彼得》（*Der Struwwelpeter*）裡，彼得不愛剪頭髮和指甲，在插畫中通常是蓬頭亂髮的樣子。

第一部

# 大象

*Elephants Can Remember*

# 03 艾麗絲姨婆的《萬事通》

「莉文斯頓小姐，幫我找找那本通訊錄。」

「在你桌上，奧利薇夫人，在左邊的角落。」

「我不是說那本，」奧利薇夫人說，「那是我現在正在用的，我是說上一本，就是去年那本或再前面一本。」

「可能已經丟了吧？」莉文斯頓小姐說。

「不，我不會丟掉通訊錄這種東西，因為常會用到，裡面常有沒抄進新通訊錄的舊地址。我記得好像是在衣櫥的抽屜裡。」

莉文斯頓小姐剛來頂替塞綺薇小姐。奧利薇夫人非常想念塞綺薇小姐，她體貼懂事，知道奧利薇夫人會把東西放到什麼地方，知道她收東西的習慣。她可以記得奧利薇夫人對誰發出諄諄美言，也記得她對誰發火、寫過相當無禮的話。她真是無價之寶。「她很像……那本書叫什麼?」奧利薇夫人努力回想。「噢,對了,是一本棕色大冊子,維多利亞女王時代人手一冊的《萬事通》,怎樣去掉亞麻織品上的鏽跡、怎樣處理凝結的蛋黃醬、寫給主教的非正式信函該怎麼開頭等等,都能在《萬事通》裡找到。」那是艾麗絲姨婆最佳的隨身良伴。

塞綺薇小姐就像艾麗絲姨婆的書一樣好用,莉文斯頓小姐就差遠了,老是杵在那裡,一張蒼白的臉拉得老長,還裝成很能幹的樣子,她臉上的每條肌肉都在說:「我非常能幹」,但奧利薇夫人可不這麼想。她只知道她前任雇主放東西的地方,只找她認為奧利薇夫人應該放東西的地方。

「我要找的,」奧利薇夫人像任性的小孩固地執說道,「是一九七〇年的通訊錄,我想一九六九年也放在一起,請盡快找到它,好嗎?」

「當然好,當然好。」莉文斯頓小姐說。

她茫然地環顧四周,像在尋找一件從沒聽過、要靠天外飛來運氣才可能挖出來的東西。如果不把塞綺薇找回來,我會瘋掉,奧利薇夫人想道,沒有塞綺薇就應付不了這件事。

莉文斯頓小姐開始抽出奧利薇夫人書房裡的每個抽屜。

「這是去年的,」莉文斯頓小姐高興地說,「很接近了,不是嗎?一九七一年的。」

「我不要一九七一年的。」奧利薇夫人說。

她腦海裡閃過一絲模糊的記憶。

「找找那個茶几。」她說。

莉文斯頓小姐焦急地東張西望。

「那張桌子。」奧利薇夫人指著說。

「常用的東西應該不會放在茶几裡。」莉文斯頓小姐向雇主指出一般人的生活常識。

「就是有可能，」奧利薇夫人說，「我想起來了。」

她把莉文斯頓小姐推到一邊，走到茶几旁揭開蓋子，看著內側迷人的鑲嵌細工。

「在這兒。」

奧利薇夫人打開一個裝著中國正山小種紅茶（以別於印度茶）的圓形紙茶葉罐，從罐裡抽出捲曲的棕色小冊子。

「在這兒。」她說。

「這是一九六八年的，奧利薇夫人，是四年前的。」

「應該沒錯，」奧利薇夫人抓著它回到書桌前。「先用這個，莉文斯頓小姐，再找找我那本生日簿到哪裡去了。」

「我不知道……」

「我現在很少用到，」奧利薇夫人說，「不過我以前有一本，很大本，從我小時候開始記錄，已經用好多年了。我想是在閣樓上，你知道，當作備用房，給男孩們來度假或不大講究的人住的房間。它可能在床邊的櫃子或寫字檯上。」

「噢，要我去看看嗎？」

「也好。」奧利薇夫人說。

莉文斯頓小姐走出房間後，她心情愉快了些。她緊緊把門關上，走回書桌前，開始看那些字跡褪色、飄著茶葉氣味的地址。

「雷文克。西莉亞．雷文克。嗯，西南三區，費夏克巷十四號，是在切爾西區，那時她住那兒，後來又住到丘橋附近的格林河岸。」

她往後翻了幾頁。

「是了，看來這是她最後一個地址了。瑪黛林原四十六號，大概在富漢路附近，我想。有電話嗎？字都糊掉了，不過我想……對，應該沒錯，富萊曼……無論如何得試一試。」

她走向電話，這時門開了，莉文斯頓小姐探頭進來。

「你看會不會……」

「我找到那個地址了，」奧利薇夫人說，「再去找那本生日簿吧，很重要的。」

「你會不會把它留在西利堂了？」

「不會，」奧利薇夫人說，「再去找看看吧。」

房門關上時，她嘟囔著：「愛找多久就找多久吧。」

她撥號後，開門朝樓上喊道：「找一下那個西班牙箱子，知道嗎，鑲黃銅那個。我忘了它放在哪裡，可能在門廳的桌子底下。」

第一通電話沒找到人，接電話的是一位史密斯．波特夫人，她既不耐煩又一問三不知，也不知道以前住這棟房子的人現在的電話。

奧利薇夫人仔細檢查了一遍通訊錄，發現有兩個倉卒塗上去的地址遮住了別的數字，但沒有完全蓋過去。她努力辨識兩三次之後，隱約在縱橫交錯的字母和地址中看出模糊的「雷文克」字樣。

有個接電話的人認識西莉亞。

「天哪，她離開好幾年了，上次收到她的信時她好像在新堡。」

「噢，天哪，」奧利薇夫人說，「我沒有那邊的地址。」

「我也沒有，」那個好心的女孩說，「她好像在那邊當獸醫的祕書。」

看來希望渺茫。奧利薇夫人又試了一兩次，較新的那兩本通訊錄上的資料都沒有用，所以她往前找，問到最後一個，也就是一九六七年的那個地址時，她簡直像挖到金礦。

「噢，你是說西莉亞，」接電話的人說，「是叫西莉亞·雷文克，還是芬奇維爾[8]？」

奧利薇夫人差點脫口而出：「不，也不是知更鳥。」

「這女孩很能幹，」那個人說，「在我這裡工作了一年半多，能力很強，如果能待久一點就更好了。她後來搬到哈利街，我好像有她的地址，我找找看。」姓名不詳的某某太太停了好一會。「找到一個，好像是在伊斯林頓，你覺得可能嗎？」

奧利薇夫人說哪裡都可能。她向某某太太千恩萬謝，把地址記了下來。

「想找個人的地址還真難，平常他們都會寄給你的，就寫在明信片這些東西上頭，可是我老是會弄丟。」

奧利薇夫人答說她也有同樣的毛病。她撥了伊斯林頓的號碼，有個聲音低沉、操外國口音的人接了。

「你想找，嗯……你說什麼？住這裡的誰？」

「西莉亞．雷文克小姐。」

「噢，沒錯，她是住在這兒。她住二樓，可是現在出門了，還沒回來。」

「晚上會回來嗎？」

「嗯，我猜她很快就會回來，因為她會回家換上晚裝再出門。」

奧利薇夫人道謝後掛上電話。

「真是的，」她有點煩躁地自言自語。「這些女孩子！」

她想著她有多久沒見到她的教女西莉亞了。她們失聯很久了，問題就在這裡。西莉亞現在在倫敦，那她男朋友是不是也在倫敦？或者她男朋友的媽媽也在倫敦？這些問題一股腦跑出來，奧利薇夫人想，天哪，真頭痛。

「什麼事，莉文斯頓小姐？」她轉過頭來。

8 芬奇維爾（Finchwell），雀科鳴鳥的總稱。

莉文斯頓小姐看上去像換了個人，渾身沾滿蜘蛛絲，從頭到尾全是灰塵。她捧著一堆積了厚厚灰塵的冊子，有點生氣地站在走廊上。

「不知道這些對你有沒有用，奧利薇夫人，都是幾百年前的東西了。」她一副不以為然的樣子。

「一定就在那裡。」奧莉薇夫人說。

「你還要我再找什麼嗎？」

「沒有了。」奧利薇夫人說，「就把它們放在沙發旁邊吧，晚上我再看看。」

莉文斯頓小姐更加不以為然了，她說：「好極了，奧利薇夫人，我想我還是先把這些灰塵撣掉吧。」

「謝謝你。」

奧利薇夫人及時止住才沒說出。「行行好，把你自己也撣一撣吧，你左耳上掛了六條蜘蛛絲。」

她瞄了一眼手錶，又撥了伊斯林頓的電話，這次接電話的人一口清脆純正的盎格魯撒克遜口音，奧利薇夫人感覺相當舒服。

「是雷文克小姐嗎？西莉亞．雷文克？」

「對，我是西莉亞．雷文克。」

「嗯，我想你不太記得我了，我是奧利薇夫人，阿瑟登．奧利薇。我們很久沒見了，但我是你教母你還記得吧。」

「噢，當然，我記得，好久不見了。」

「想知道能不能見見你，或者你有沒有空來看我，要怎麼約呢，是你來吃頓飯還是……」

「嗯，現在不行，我正在上班。方便的話，今天晚上我可以過去，七點半或八點左右。晚一點我還有個約，不過……」

「如果你能來，那真是太好了。」奧利薇夫人說。

「嗯，我一定會去。」

「我把地址給你。」

奧利薇夫人把地址告訴她。

「好的，我會去的，那一帶我很熟。」

奧利薇夫人在電話本上簡單做個記號，不太耐煩地看著莉文斯頓小姐吃力地抱著一大本冊子走進房裡。

「是這本嗎，奧利薇夫人？」

「怎麼可能，」奧利薇夫人說，「那裡面都是食譜。」

「哦，天哪！」莉文斯頓小姐說，「難怪。」

「好啦，我也順便看看吧。」奧利薇夫人不由分說把那本子移開。「再去找一找，我想大概在浴室隔壁的內衣櫃裡，留意一下浴巾上頭最頂層的架子，有時候我會把文件和書本放在那邊。等等，我自己上去看。」

十分鐘後，奧利薇夫人正在翻閱一本褪色的冊子。莉文斯頓小姐站在門邊，一副不堪折磨的樣子，奧利薇夫人受不了這種痛苦的景象，便說：「好啦，這兒沒什麼了，你可以去看一下餐廳的桌子，那張舊桌子你知道吧，有點破舊那張，看能不能找到其他通訊錄，更早的，最好是十年前的。然後，我想今天就不必再找了。」

莉文斯頓小姐走開了。

「如果她離開了，」奧利薇夫人邊坐下邊嘆了一大口氣，翻著那本生日簿時，自言自語說，「誰會比較高興呢？是她還是我？西莉亞來了之後，我就得忙一個晚上了。」

她從書桌旁小茶几上的書堆裡拿起一本新的筆記本，記下各種日期、用得上的地址和名字，再從電話簿查了一兩樣東西後，便撥電話給赫丘勒．白羅先生。

「白羅先生嗎？」

「是的，夫人，正是我。」

「你有什麼進展嗎？」奧利薇夫人說。

「抱歉……有什麼進展？」

「我昨天問你的事，」奧利薇夫人說，「有任何進展嗎？」

「哦，當然，我已經準備進行了，正要展開幾項調查。」

「那就是還沒開始。」奧利薇夫人對男人做事的評價不高。

「那你呢，親愛的夫人？」

「我可忙了。」奧利薇夫人說。

「哈，你忙了什麼，夫人？」

「搜集大象。」奧利薇夫人說，「如果你聽得懂的話。」

「我明白你的意思。」

「要找過去的資料真不容易，」奧利薇夫人說，「回頭看看那些名字，才驚訝我們記得的人還真多。還有寫在生日簿裡的無聊東西也一樣多，真不曉得我十六、七歲甚至到了三十歲時，怎麼會要人在生日簿上亂寫，每年的特殊日子都有些從詩詞摘錄出來的銘言，有些句子真是無聊。」

「你的調查有所斬獲嗎？」

「不太多，」奧利薇夫人說，「不過我想，我的方向還是正確的，我已經打電話給我教女了。」

「啊，你要和她見面？」

「是的，她會來看我。如果她沒爽約的話，晚上七、八點會到。其實很難講，年輕人都不可靠。」

「她接到你的電話高興嗎？」

「不知道，」奧利薇夫人說，「沒有特別高興。她的聲音很尖，還有……我想起來了，我最後一次看見她是在大約六年前，我記得那時候她很嚇人。」

「嚇人？哪方面？」

「我的意思是她比我凶多了。」

「這可能是樁好事。」

「噢，你這麼認為嗎？」

「如果人們決定不再喜歡你，很確定他們不喜歡你了，那麼他們會樂於讓你感覺到這個事實。這時他們釋出的訊息，會比他們想表現友好時透露得更多。」

「你是指在討好的時候嗎？有道理。你是說，這時他們會盡挑你想聽的話說；相反的，當他們討厭你時，就會說些讓你不舒服的話。不知道西莉亞是不是這樣的人，我清楚記得她五歲時有個保母，她常把靴子扔到她身上。」

「是保母把靴子扔到孩子身上，還是孩子把靴子扔到保母身上？」

「當然是孩子扔保母。」奧利薇夫人說。

她掛上電話，走到沙發邊翻找那成堆的舊資料，低聲唸出一些名字。

「瑪麗安娜．約瑟芬．彭塔利……對啊，好幾年沒想到她了，大概過世了吧。安娜．布雷斯比，嗯，她住很遠……」

她繼續看著，完全忘了時間，直到門鈴響時才吃了一驚。她親自去開門。

# 04 西莉亞

站在門外鞋墊上的是個高䠷女孩，奧利薇夫人吃驚地看了她一會。她就是西莉亞，生氣勃勃的樣子讓人印象強烈，奧利薇夫人覺得她變了很多。

她想，這個女孩是有備而來。她也許很積極，也許有點難纏，也可能很危險。她是那種負有使命感的女孩，會為了達到目的不惜訴諸暴力。真有意思，太有趣了。

「請進，西莉亞。」她說，「好久沒見到你了，我記得上次是在某個婚禮上，你是伴娘，穿一件鵝黃色薄綢，對吧？還有一大束……我忘了是什麼了，看起來像秋麒麟。」

「可能就是秋麒麟，」西莉亞・雷文克說，「我們因為花粉熱不停打噴嚏，真是悲慘的婚禮。新娘是瑪莎・雷宏，對吧？那是我見過最難看的伴娘禮服，當然也是我穿過最醜的一件衣服！」

「是啊，伴娘的禮服通常都不太合身，但說起來，你比其他人還是好多了。」

「啊，你太客氣了，」西莉亞說，「我覺得很難看。」

奧利薇夫人請客人坐下後，拿來兩瓶飲料。

「要雪利酒還是別的？」

「不用忙了，我喜歡雪利酒。」

「這杯給你。」奧利薇夫人說，「我想你一定覺得很奇怪，為什麼我突然打電話給你。」

「噢，不，我不覺得這有什麼好奇怪的。」

「我這個教母真是不夠盡責。」

「不會啊，我都這麼大了。」

「你說的也對，」奧利薇夫人說，「人的責任和感覺都有一定期限，但我沒有盡全責，我記得我沒去參加你的堅信禮。」

「我想，教母的責任就是教你學會教義問答什麼的，好為我驅魔避邪，不是嗎？」

西莉亞唇邊泛起一絲幽默的微笑。

她還是和以前一樣討人喜愛，奧利薇夫人想，但某方面她也是個危險的女孩。

「嗯，跟你說我為什麼要找你。」奧利薇夫人說，「這件事有點曲折。以前我不太參加文壇聚會，但前天我去了。」

「我知道，」西莉亞說，「報上提到這件事，也提到你的名字，阿蕊登．奧利薇夫人。我覺得很奇怪，因為我知道你通常不會去那種場合。」

「沒錯，」奧利薇夫人說，「真希望那天我沒去。」

「有不愉快嗎？」

「不，原先還不錯，因為我以前沒參加過這類聚會，第一次見識總是滿有趣的。不過，」她又說，「難免也有些煩人的事。」

「發生什麼令你不快的事了嗎？」

「對，而且很奇怪地牽涉到你。我想……嗯，我想應該告訴你，因為我不喜歡這件事，很不喜歡。」

「聽來滿讓人好奇的。」西莉亞啜飲著雪利酒說。

「有個女人走過來跟我說話，我不認識她，她也不認識我。」

「我還以為你應該常遇見這種事。」西莉亞說。

「沒錯，這是常有的事。」奧利薇夫人說，「是作家常會碰到的……風險。總有人走過來對你說『我非常喜歡你的書，真高興能見到你』之類的話。」

「我當過一位作家的祕書，很清楚這類事情，也知道那有多難應付。」

「沒錯。嗯，那次也是這樣，我已經有心理準備，然而那女人走過來就說：『我知道你有個教女叫西莉亞。』」

「嗯，有點怪，」西莉亞說，「特地走過來跟你說這些。至少應該慢慢帶出這個話題，先聊你的書，還有她多喜歡你的新書等等，然後再慢慢轉到我身上。她是怎麼批評我的？」

「她並沒有批評你。」奧利薇夫人說。

「是我的朋友嗎？」

「我不知道。」奧利薇夫人說。

兩人都沒再開口，西莉亞又啜了幾口雪利酒，疑惑地看著奧利薇夫人。

「你知道嗎？」她說，「我真的很好奇，不太清楚你想說什麼。」

「好吧，」奧利薇夫人說，「希望你不會生我的氣。」

「為什麼我會生氣？」

「嗯，因為我要說的事、要重提的事情，你可能會說那不干我的事，或者我應該保持沉默，不該提起它。」

「我愈來愈好奇了。」西莉亞說。

「她跟我報了名字，她叫伯登卡夫人。」

「噢！」西莉亞的聲音很特別。「噢！」

「你認識她？」

「是的，我認識她。」西莉亞說。

「嗯，我想你一定認識，因為……」

「因為什麼？」

「因為她說的一些事。」

「什麼……關於我的事？認識我的事？」

「她說她兒子可能快和你結婚了。」

西莉亞的表情變了，眉毛揚起又落下，目光緊盯著奧利薇夫人。

「你想知道這是不是真的？」

「不，」奧利薇夫人說，「我不會特別想知道，我提起它，只因為這是她說的第一件事。她說因為你是我的教女，也許我可以問你一些事，我推想，她的意思是要我有了答案後再告訴她。」

「什麼答案？」

「嗯，我猜你不會喜歡我要講的事，」奧利薇夫人說，「我自己都不喜歡了。實際上，它讓我很不舒服，因為這真的是……嗯，非常冒失、非常無禮，絕對不可原諒。她說：『你能不能弄清楚是她父親殺了她母親，還是她母親殺了她父親？』」

「她對你說這些？叫你做這種事？」

「是的。」

「她不認識你？我是說，除了知道你是個作家、你參加了這個聚會以外？」

「她根本不認識我，她以前沒見過我，我也沒見過她。」

「你不覺得這很離譜嗎？」

「我不知道那個女人哪句話不算離譜，」奧利薇夫人說，「她就像個惡婆婆一樣在恐嚇我。」

「噢，沒錯，她真的很討人厭。」

「你準備嫁給她兒子？」

「嗯，我們是有此打算，還不確定。你知道她提起的那件事嗎？」

「嗯，我想我知道的部分，和其他認識你父母的人差不多。」

「我父親從軍隊退休後，就在鄉下買了一棟房子，有一天他們一起出門，沿著懸崖散步，後來被人發現兩個人都中彈身亡了。地上有一把左輪手槍，是我父親的，家裡好像有兩把左輪手槍。沒辦法判斷是他們兩人相約自殺，或者誰先殺了對方然後再舉槍自盡。不過，這些你可能都聽過了。」

「我略有耳聞，」奧利薇夫人說，「大約是在十二年前發生的吧。」

「差不多。」

「所以你當時才十二、三歲。」

「是的……」

「我不太清楚詳情，」奧利薇夫人說，「當時我在美國巡迴演說，不在英格蘭。我是在報上看到這個消息。報上大幅報導，因為很難找出真相，也找不出謀殺的動機。你父母親一向恩愛、生活美滿，記得報上也提到這點。我會注意到，是因為年輕時我就認識你父母，尤其是你母親。我和你母親是同學，畢業後各自發展，我結婚後離開了，她婚後也出國，我記得是和她的軍人丈夫一起到馬來西亞之類的地方。不過她請我做她孩子的教母，那個孩子就是你。自從你父母到國外後，我們有好多年沒見面，我也是偶爾才見到你。」

「對啊，我還記得你會到學校帶我出來，去吃一些好吃的東西，那些食物真可口。」

「你是個特別的孩子，喜歡吃魚子醬。」

「我現在還是喜歡，」西莉亞說，「但不常吃。」

「看到報導我大吃一驚，報上說的不多，我猜最後是以死因不詳結案。沒有特殊的動機、沒有人證物證、沒有爭吵的傳聞，也沒有被襲擊的跡象，我真的非常震驚。」奧利薇夫人說，「後來我也忘了，曾有一兩次，我思考過案子的可能原因，但由於我不在國內……剛才提過那時我在美國，所以就慢慢忘了。再見到你又已經是幾年後的事，自然也沒再提起。」

「嗯，」西莉亞說，「很感激你沒再提起。」

「人的一生中，」奧利薇夫人說，「總會遇上一些朋友或熟人發生莫名其妙的事。發生在朋友身上時，不管真正原因是什麼，你通常多少會有一些看法。但如果很久沒再聽到人們討論或談起，就不會再想起，也找不到人可以去探詢打聽了。」

「你一直對我很好，」西莉亞說，「送我很多禮物，特別是我二十一歲時，你送了一件特別的禮物，我都還記得。」

「那個年紀的女孩都需要現金，」奧利薇夫人說，「有那麼多事情要做、要買。」

「我一直覺得你很體貼，不會……嗯，不像有些人，老是在詰問你、要求你，一直追根究柢。你從來不會問東問西，你會帶我去看戲、請我吃美食佳餚，和我聊天時，也像什麼事都沒發生，好像你只是我的遠親那樣。我非常感激你，過去我碰過太多好管閒事的人了。」

「沒錯，每個人遲早都會遇上這種人。」奧利薇夫人說，「現在你該知道這次餐聚有多令我沮喪了，被伯登卡夫人這種全然陌生的人要求做一件奇怪的事。我想不透她為什麼想知道，這又不關她的事，除非……」

「你是想，除非和我要嫁德斯蒙的事有關嗎？德斯蒙是她兒子。」

「嗯，我猜可能是這樣，但不懂為什麼，還有那到底關她何事。」

「什麼都關她的事，她就愛管閒事，是你說的那種惡婆娘。」

「我猜德斯蒙不討人厭吧。」

「當然，我很喜歡德斯蒙，德斯蒙也喜歡我。只是我不喜歡他母親。」

「他喜歡他母親嗎？」

「我不清楚，」西莉亞說，「我想應該喜歡吧……什麼事都有可能，不是嗎？不管怎麼說，目前我還不想結婚，不太想。還有許多……嗯，許多困難，你也知道，有人贊成，也有人反對。你一定覺得很好奇，為什麼多事的伯登卡夫人會叫你來套問我，然後再透露給她……你問我那個問題是這個用意吧？」

「你是說，我在套問你知不知道你父母是雙雙自殺或誰殺了誰？你是這個意思嗎？」

「嗯，某方面來說，我猜是這樣。不過，我應該先問，你是不是也想問我那件事？假如你從我這裡聽到什麼，會不會去告訴伯登卡夫人？」

「不會，」奧利薇夫人說，「絕對不會。我想都沒想過要告訴那個討厭的女人什麼。我會很明白地告訴她，這不關她的事，也不關我的事。還有，我根本沒想到要從你這裡套消息再洩漏給她。」

「嗯，我也這麼認為。」西莉亞說，「我想我可以信得過你，我不介意告訴你我知道的事，包括這個問題。」

「不用說，我不要求你告訴我。」

「我知道，這點我很清楚，但我還是會告訴你。答案就是……我什麼也不知道。」

「什麼也不知道……」奧利薇夫人沉吟地說。

「對。當時我不在那裡，我是說，我不住在那棟房子，不太記得我在哪裡了，可能在瑞士上學，或者放假和同學在一起。你看，我的記憶都已經混淆不清了。」

「我想，」奧利薇夫人懷疑地說，「你不太可能知道內情，想想那時你才多大。」

「我倒是很好奇，」西莉亞說，「你是怎麼想的呢？你認為我可能知道詳情？或者什麼都不知道？」

「嗯，你說你不在家。如果當時你已經十歲，我想應該會知道一些，小孩都這樣，青少年也是，這個年紀的人其實懂很多，也看很多，只是沒說出來而已。他們知道許多外界不知情的事，也知道一些他們不願意告訴警方的事。」

「你的洞察力很敏銳，但我確實不知道，我茫然無知，也沒有任何想法。警方是怎麼想的？別介意我問這個，因為我很好奇，我從沒看過相關的審訊或調查報導。」

「我想他們認為是雙雙自殺，但應該沒有掌握任何證據。」

「你想知道我是怎麼想的嗎？」

「如果你不希望我知道的話不用說。」奧利薇夫人說。

「但我猜你也很好奇，畢竟你的專業是寫關於自殺或謀殺的推理小說，我想你一定很感興趣。」

「沒錯，我承認。」奧利薇夫人說，「不過我不想向你打聽與我毫不相干、又會冒犯你的事。」

「嗯，我常在追問為什麼？怎麼會這樣？但實在毫無頭緒。」西莉亞說，「我是說家裡發生的一切。那次放假時我離開英國到歐洲上課，所以很少見到爸媽。他們有一兩次到瑞士來看我，也只有這一兩回而已。他們都沒變，只是老了點。我覺得父親好像病了，看起來很虛弱，不知道是心臟還是什麼毛病，我們通常不會想太多。母親也一樣，看起來神經緊張，但不是憂鬱症，只是對身上的毛病老愛小題大做罷了。他們相處得不錯，我沒看過他們有什麼齟齬不合。只是，有時……嗯，有時我總會有些猜測，姑且不論對不對或正不正確，只想知道，假如……」

「我們還是不要再談這些了。」奧利薇夫人說，「沒必要再刨根究柢，事情已經過去了，結論也還可以接受：沒有行凶的工具或動機，也沒有誰故意殺死誰的問題。」

「如果要我判斷哪種情況比較可能，」西莉亞說，「我會認為是父親殺死母親。不管為了什麼理由，一般都是男人開槍殺人。我想一個女人，尤其像母親那樣的女人，是不可能開槍射殺父親的，要是她想置他於死地，會選擇別的方法。但我想他們倆都不會希望對方死。」

「所以可能有個外人。」

「有可能。但會是誰？」西莉亞問道。

「當時還有什麼人和你父母同住？」

「有個年紀很大、視力很差又重聽的女管家；有個曾當過我家庭教師的外國看護，她人很好，母親生病住院時還回來照顧她；還有個我一直很不喜歡的阿姨，但他們都不可能對我父母懷恨在心。我父母死了以後，由我和小我四歲的弟弟愛德華繼承財產，他們得不到一點好處。我們繼承的財產不多，父親有退休金，母親也有一點小收入。噢，但是這些都不太重要。」

「我很抱歉，」奧利薇夫人說，「問了一堆事讓你又難過起來。」

「你沒讓我難過，反倒撩起我重溫往事的興趣。你知道，我也長大了，也希望知道真相。我了解而且深愛我的父母，不是充滿激情的，而是像常人一樣愛他們。然而我根本不了解他們是什麼樣的人，他們的生活、什麼對他們是重要的，我對這些一無所知，真希望我知道。它就像個錐子一樣刺著你，你又不可能撇下它不管。沒錯，我想知道，知道之後就不必掛念了。」

「所以你一直記掛在心？」

西莉亞看了奧利薇夫人一會兒，似乎猶豫著該不該說。

「沒錯，」西莉亞說，「我幾乎無時無刻不在想這件事，我一直在尋找線索，如果你明白我意思的話。德斯蒙也贊成。」

# 05 舊罪有長長的陰影

赫丘勒・白羅單手扶住旋轉門走進一家小餐館，店裡沒多少人，因為現在不是人潮最多的時候。赫丘勒・白羅一眼就看見他要見的人——魁梧壯碩的史彭斯刑事主任。他在角落的桌邊站起來。

「好極了，」史彭斯說，「你來了。這裡不難找吧？」

「不難，你指示的路線準確無誤。」

「我來介紹一下，這是葛洛威總刑事主任，這是赫丘勒・白羅先生。」

葛洛威身材瘦高、臉頰瘦削清癯，灰髮中間光了一圈猶如僧侶的禿頂，乍看之下有幾分像牧師。

「太好了。」白羅說。

「我已經退休了，」葛洛威說，「但記性還不錯，有些事儘管消逝久遠，一般人都淡忘了，但我還記得。」

赫丘勒·白羅差點衝口說出「大象的記性很好」，幸好還是及時剎住了。最近他總是把這句話和奧利薇夫人的事聯想在一起，以致屢屢在極不恰當的場合差點脫口而出。

「希望你不會覺得不耐煩。」史彭斯刑事主任說。

史彭斯拉出一把椅子，三人都坐定後，侍者送來菜單。史彭斯顯然是常客，提供了一些建議，葛洛威和白羅各自點餐後，一邊略往後靠喝著雪利酒，一邊默默審視著對方。

白羅開口道：「我得先致歉，我找你是為了打聽一件已經結案的陳年往事。」

史彭斯說：「我好奇的是什麼事讓你這麼好奇，挖舊案可不像你的作風，它一定和最近發生的什麼事有關，還是你突然對原因不明的案件起了興趣？你說呢？」他望著對面的白羅繼續說：「葛洛威是當時負責調查雷文克槍殺案的警官，我和他是老朋友，找他很方便。」

「很感謝你撥空前來，只為了滿足我個人的好奇心，」白羅說，「我知道我無權打聽那件已了結的案子。」

「我並不這麼想，」葛洛威說，「我們都會對已結案的某些案子感興趣。莉琪·伯頓真的用斧頭砍死她父母嗎？現在還有人覺得她是冤枉的。是誰殺了查爾斯·布拉爾？又是為什麼呢？眾說紛云，多數都沒有根據，但還是有人想找出不同的原因。」

葛洛威銳利精明的眼光盯著白羅說：「白羅先生，如果我沒記錯的話，你曾調查過兩三次已結案的謀殺案件吧。」

史彭斯說：「三次，應該沒錯，有一次還是應一位加拿大女孩的請求。」

「沒錯，」白羅說，「那個性格剛烈、很有說服力的加拿大女孩，是來調查她母親被判死刑的謀殺案。儘管後來她母親在執刑前就過世了，但女兒堅信母親是無辜的。」

「你相信嗎？」葛洛威問。

白羅說：「起初她告訴我這件事時，我並不相信，但她很堅決、很有把握。」

「做女兒的希望母親無罪，努力證明她是無辜的，這也很自然。」史彭斯說。

白羅說：「還不止如此！她說服我相信她母親是哪種人。」

「是個不可能犯下謀殺案的人嗎？」

「不是，」白羅說，「我想你們都同意，一旦深入追究個人性格、追查事件原委，我們很難相信這世上會有不可能殺人的人。但是在這個案子裡，那個母親從來沒有抗辯，她似乎甘願受刑。事情一開始就很奇怪，她是個聽天由命的人嗎？好像不是。我著手調查後，愈來愈明瞭她並不是個逆來順受的人，可以說正好相反。」

葛洛威興致盎然地聽著，他傾身向前，撕了一塊麵包放在盤子上。

「她是無辜的嗎？」

「沒錯，她真的是無辜的。」白羅說。

「你覺得驚訝嗎？」

「直到我發現真相時才覺得詫異。」白羅說，「有一兩件事，尤其其中一件證明了她不可能犯罪，但當時根本沒人察覺這一點。這麼說吧，你只要用你看其他事情的方法來看這件事情就可以了。」

這時侍者送來烤鱒魚。

「還有另一次你也調查了一件舊案子，只是方式不太一樣。」史彭斯接著說，「有個女孩在聚會上說，她親眼目睹過一宗謀殺案。」

「這件事同樣得……該怎麼說呢，追溯過往而不是尋找未來。」白羅說，「沒錯，有這回事。」

「她真的看到有人被謀殺了嗎？」

「沒有，因為她說謊。這鱒魚的味道不錯。」白羅稱讚道。

「這裡的魚都做得不錯。」史彭斯倒了一些蘸醬到自己碟子裡，說：「醬汁很棒！」

此後三分鐘，三人都全心享受美味。

「史彭斯問我還記不記得雷文克案時，」葛洛威說，「我很好奇，興致也來了。」

「你還記得內容？」白羅問道。

「嗯，雷文克案沒那麼容易忘記。」

「這樁案件有什麼瑕疵嗎？缺乏證據或解釋不明？」白羅問。

「不是這些問題。」葛洛威說，「所有證據都符合調查結果，過去也有過類似的案例，一切正常，只是……」

「什麼？」白羅說。

「就是不對勁。」葛洛威說。

「啊！」史彭斯興致勃勃地聽著。

「你也有過這種感覺，對吧？」白羅轉身對史彭斯說。

「沒錯，麥金堤太太那件案子。」

「那個怪脾氣的年輕人被捕了，你非常不滿意。」白羅說，「他有充分的動機犯案、他看上去像凶手，大家也都認定是他幹的，但你知道凶手不是他，而且非常肯定，所以你來找我，要我放手調查。」

「我需要幫助，結果你真的幫了大忙，不是嗎？」史彭斯說。

白羅嘆了口氣說：「是的，那次很幸運。不過那個年輕人真討人嫌。如果他被判死刑，絕不是因為他殺了人，而是因為他不讓別人證明他是無辜的。我們還是回到正題吧。葛洛威主任，你說有些事不對勁？」

「嗯，這種感覺很強烈，如果你明白我意思的話。」

「我明白，」白羅說，「史彭斯也明白。我們都碰過這種事，有證據、有犯案動機、有做案時間、有線索、有犯案現場，該有的都有了，可以稱得上罪證充分。但不管怎樣，內行人都知道事有蹊蹺，就像藝評家可以看出一幅畫哪裡不對勁，可以辨別贗品和真品。」

「但我對這案子也一籌莫展，」葛洛威說，「我左看右看，上看下看，深入調查，四處探訪，但都一無所獲。它看起來像是自殺，所有跡象都顯示是自殺。當然，也許是丈夫先槍殺妻子後再飲彈自盡，也可能是妻子先射殺丈夫然後自殺。這三種情形我們都碰過，你遇到時就知道是哪一種。但是大多數的案子，大家多少都猜得到為什麼。」

白羅問：「這宗案子裡看不出為什麼，對吧？」

「沒錯，就是這樣。接手一件案子，開始四處察訪後，通常可以大致了解他們的生活狀況。這是一對中年夫婦，丈夫素行良好，妻子活潑熱情，兩人關係融洽，這些都很快就問得到。他們生活幸福，白天一起散步，晚上一起玩牌，孩子們不需要人操心，兒子在英國的學校上學，女兒在瑞士寄讀，沒人覺得他們的生活有什麼不正常。從兩人的病歷來看，也沒什麼嚴重的健康問題。丈夫偶爾血壓太高，但服用降血壓劑後，情況控制良好；妻子稍微重聽而且有輕微心臟病，但都不用太擔心。當然有時候他或她也會對健康問題特別恐慌，很多人明明身體健朗，卻硬要相信自己患了癌症，活不了幾年，有時甚至就為了這個結束自己的生命。但雷文克夫婦不像這種人，他們一切正常，心情穩定。」

「所以你到底怎麼看這樁案子呢？」白羅問。

「問題就在於我什麼都看不出來。追溯過去，我相信這是自殺，也只可能是自殺，他們是為了某些原因覺得活不下去，但並不是財務問題，不是健康問題，也不是因為生活不順。可能到這裡我就戛然而止了。這宗案子有各種自殺跡象，除了自盡，我想不出其他可能。他們外出散步，隨身帶了一把左輪手槍。手槍掉在兩人的屍體之間，上面有他們模糊的指紋，兩人都曾拿過這把槍，但沒辦法確定是誰最後開槍。人們往往認定是丈夫殺了妻子，然後再舉槍自盡，因為這樣聽來比較合理。但究竟是為什麼呢？這麼多年過去了，每當我偶爾在報上看見某處發現一對夫婦的死屍、明顯是自殺的報導時，就會想起雷文克這宗案子，而且再度心生懷疑。都過了十二或十四年了，我還記得這件案子，想來想去還是那三個字——為什麼、為什麼、為什麼？是妻子痛恨她丈夫，想除掉他嗎？他們一直互相仇視，到忍無可忍的地步了嗎？」

葛洛威又撕下一塊麵包嚼了起來。

「白羅先生，你有什麼想法嗎？是不是有人找過你、說了些什麼，所以激起你對這個案子的興趣？你可掌握了任何足以解釋『為什麼』的資料？」

「沒有。不過，」白羅說，「你一定有自己的看法，說說看，你一定自有一番見解。」

「沒錯，我們都有自己的見解，而且期望至少有一兩點可以解開謎團，但這通常不會應驗。我的推論必須停擺，因為了解得太少，以致找不到肇因。我到底了解他們多少呢？當時雷文克將軍將近六十、他妻子三十五。嚴格說來，我知道的只是他們死前五、六年的事。將軍退休了，靠退休金生活，兩人從國外回到英國。我收集到的證據、消息，只侷限在這段短短的時期。這期間，他們先在伯恩茅斯買了一棟房子，然後搬到發生慘劇的地方。他們住在那裡時生活安詳幸福，孩子們放假便回來住。生活風平浪靜，所以你推測他們生活和諧。我知道他退役後在英國的生活狀況，沒有金錢糾紛，沒有與人結怨，沒有第三者的問題，都沒有。但在此之前的時間，我了解多少呢？只知道他們大半時間在國外，偶爾回國一兩次。丈夫素行端正，太太的朋友對他的印象都很好，沒人聽說他們有明顯的不和或爭執。但可能只是我不知道罷了，因為沒人知道他們在這之前，從童年到結婚，以及後來住在馬來半島等地二、三十年間的事，也許悲劇的根源是在這時產生的。我奶奶常說，『舊罪總會拖著長長的陰影』。死亡原因是不是很久以前埋下的，肇因是否在過去？要找到答案可不容易。你可能聽那丈夫的朋友或熟人提到一兩句，但找不到更進一步的細節。如果要再追查，就該從此處著手，這個想法已在我心中慢慢醞釀成形。那段期間他們或許發生過一些事，可能是在國外發生的，可能早被遺忘、不留痕跡了，但後遺症還在。過去的怨恨發生在別處，不在他們回英國的時候，所以沒人知道，但積怨一直沒化解。要是我們知道到哪兒去挖掘就好了。」

白羅說：「你的意思是，沒人記得有發生過那類的事？我指的是那種他們在英國的朋友所不可能知道的事。」

「雖然老朋友偶爾會前來拜訪探望，但他們在英國的朋友多半是他退役後才結識的，沒人聽說過他們過去的事，人都會遺忘。」

「沒錯，」白羅沉思道，「人都會遺忘。」

「不像大象，」葛洛威笑著說，「大家都說，大象可以記住每件事。」

白羅說：「你竟然也這麼說。」

「你是指舊罪陰影嗎？」

「不是那個，是剛才你提起大象，讓我覺得很有意思。」

葛洛威有點詫異地看著白羅，似乎在等他說下去，史彭斯也瞥了老友一眼。

史彭斯說：「可能是指發生在東方的事，我的意思是，嗯，那裡不是大象的產地嗎？還是非洲？到底誰跟你談過大象？」

「有個朋友才剛提過，你也認識的，」白羅轉向史彭斯說，「是奧利薇夫人。」

史彭斯叫了一聲。

「噢，是阿蕊登．奧利薇夫人呀！」

「怎麼？」白羅問道。

「她知道些什麼嗎？」史彭斯問道。

「我想她現在還不知道，」白羅說，「但不久就會知道一些了。」他若有所思地加上一句：「她是那種會四處走探的人，你了解我的意思吧。」

「沒錯，」史彭斯說，「我明白。她有什麼想法嗎？」

「你指的是阿蕊登．奧利薇夫人，那位作家嗎？」葛洛威很有興趣地問道。

史彭斯說：「是呀。」

「她很了解犯罪嗎？我知道她寫偵探小說，可是不知道她從哪裡得到這些點子或故事材料。」

「那些都是她自己想出來的，至於是不是真實故事，嗯，就比較難說了。」白羅停了一會兒。

「你在想什麼?白羅，想什麼特別的事嗎？」

「是的，」白羅說，「我曾經破壞了她的一個故事，她是這麼說的。她剛構思了一個絕妙的犯罪情節，和連衫褲和背心有關吧，而我正好打電話問她什麼事，於是這個絕妙的情節她就忘光了，所以她怪我打斷她的思緒。」

「天哪，」史彭斯說，「聽起來像是大熱天香菜沉到奶油裡，你知道夏洛克·福爾摩斯和那條夜裡什麼事都沒做的狗吧？」

「他們有狗嗎？」白羅問道。

「你說什麼？」

「我問他們有狗嗎?雷文克夫婦，他們自殺那天，有帶狗一起去散步嗎？」

「有，他們有隻狗。」葛洛威說，「我猜他們通常都會帶著狗去散步。」

「如果這是奧利薇夫人筆下的故事，」史彭斯說，「她會安排這隻狗在兩人的屍體旁嚎叫。但事實不是這樣。」

葛洛威搖了搖頭。

「不知道那隻狗現在在哪兒？」白羅問。

「我想是埋在某個人的花園裡吧，」葛洛威說，「都已經十四年了。」

「所以我們沒辦法問那隻狗了？」白羅沉思著說，「真可惜。狗知道的事情，可會多得讓你驚訝呢！那棟房子裡還住著誰呢？我指的是事發當天。」

「我可以給你一張名單，」葛洛威說，「以便你查詢。惠特克太太是廚師兼管家，那天她出門了，所以從她那裡問不出結果。還有一位客人，曾當過孩子們的家庭教師。惠特克太太有點耳背，眼睛也不好，她提供的線索裡比較值得一提的是，不久前雷文克夫人曾住過醫院或療養院，沒有病痛，只是因為神經緊張。此外還有個園丁。」

「也許有外地來的陌生人，是過去認識的朋友。葛洛威主任，你的看法是這樣吧？」

「與其說看法，不如說是推測。」

白羅沉默不語。他想起有一次翻舊案，調查了五個人。這五個人使他想起〈五隻小豬〉那首童謠[9]。那是件有趣的案子，最後也很值得，因為他讓真相大白了。

9　參克莉絲蒂的《五隻小豬之歌》一書。

# 06 好記性的老朋友

第二天早上奧利薇夫人回到家時，莉文斯頓小姐正等著她。

「奧利薇夫人，有兩通你的電話。」

「是誰？」奧利薇夫人說。

「第一通是克莉頓和史密斯打來的，他們想知道你是要黃綠色還是淺藍色的緞子。」

「我還沒決定。」奧利薇夫人說，「明天早上提醒我好嗎？我想在夜光下再看看。」

「另一通電話是位叫赫丘勒·白羅的外國先生打來的。」

「哦，他說了些什麼？」奧利薇夫人問道。

「他問你能不能回電話給他，並且在今天下午前去拜訪。」

「看來不行。」奧利薇夫人說，「你回個電話給他好嗎？我馬上又得出去了，他留下電話號碼了嗎？」

「有，留了。」

「很好，這樣我們就不用查了。好吧，你打電話給他，告訴他我很抱歉無法赴約，因為我得出去追蹤一頭『大象』。」

「你說什麼？」莉文斯頓小姐問道。

「告訴他我正在追蹤一頭『大象』。」

「噢，好的。」

莉文斯頓小姐一邊回答，一邊機靈地觀察她的雇主有沒有毛病。雖然奧利薇夫人是著名的小說家，但莉文斯頓小姐覺得她有時頭腦不大正常。

「我以前從沒獵過『大象』，」奧利薇夫人說，「不過這事還滿有趣的。」

她走進客廳，翻開沙發上雜亂書冊中的最上面一本。這些書大都破舊凌亂，而前一晚她便埋在裡面翻查東西，抄了滿滿整張的地址。

「嗯，得找個切入點，」奧利薇夫人說，「整個來看，要是茱莉亞還在，就從她開始。她一向有自己的看法，而且她住在那附近，了解那個地方。嗯，就從茱莉亞開始吧。」

「有四封信需要你簽名。」莉文斯頓小姐說。

「現在別來吵我，」奧利薇夫人說，「我真的沒空。我必須趕到漢普頓法院，這段路很遠的。」

§

茱莉亞・卡絲泰夫人閣下行動蹣跚地從搖椅中站起來，七十幾歲的老人家只要休息久一點，甚至只打個盹，起身時都會非常吃力。她向前走了一步，瞇著眼辨認來訪的人是誰。她有點耳背，剛才與她同住在「貴族之家」的忠實侍從通報時，她沒聽清楚名字。叫顧利薇夫人嗎？她不記得誰是顧利薇夫人。卡絲泰夫人巍巍顫顫地向前走了幾步，仔細瞧著。

「這麼多年不見，你一定不記得我了？」

像許多上了年紀的人一樣，卡絲泰夫人比較認得聲音，而不是面孔。

「噢，天啊，是阿蕊登！親愛的，見到你多令人高興呀。」

她們互相問候。

「我剛好路過這邊，」奧利薇夫人解釋道，「到離這兒不遠的地方找一個人。昨晚看通訊錄時想起，你就住在這附近。這裡的地點滿好的，不是嗎？」她邊問邊四下看看。

「還不錯，」卡絲泰夫人說，「不完全像廣告說的那樣，但還是有不少優點。你可以有自己的家具，公共餐廳提供膳食，當然你也可以自己開伙。對啊，真的不錯，庭園很漂亮，保養得也挺好。坐下吧，阿蕊登，快坐下。你看起來很好，前幾天我在報上看到你參加一個文壇餐會。感覺真奇怪，前一天才在報上讀到，過一天就見到本人了，真是怪事。」

「是啊，」奧利薇夫人邊坐邊說，「常常有這種事，不是嗎？」

「你還住在倫敦嗎？」

奧利薇夫人答說是的，她還住倫敦，接著話題轉到心頭模糊憶起的往事，那是童年上舞蹈課時第一次跳蘭樹舞[10]的情景，前進、後退、伸手、轉兩遍，再旋一圈。

奧利薇夫人問起卡絲泰夫人的女兒和兩個孫子，又問另一個女兒在做什麼。好像在紐西蘭工作，卡絲泰夫人不確定是什麼工作，社會研究吧。她按下扶手上的電鈴，叫艾瑪送茶上來。奧利薇夫人說別麻煩了，卡絲泰夫人說：「麻煩也要，阿蕊登來了，總得喝杯茶。」

兩位女士都向後靠著椅背，聊起第二次、第三次跳蘭樹舞的情形，談起了老朋友、朋友的孩子以及去世的朋友。

卡絲泰夫人說：「自從上次見面以後，好些年不見了。」

「最後一次是在羅威林的婚禮上吧，」奧利薇夫人說，「嗯，應該沒錯。伴娘莫拉看起來糟透了，穿那種杏黃色禮服真不得體。」

「這我記得，那禮服很不適宜。」

「現在的婚禮不像我們過去那麼好看，有的服裝奇形怪狀。有一次，我有個朋友去參加婚禮，她說新郎穿一件像被子一樣的白綢緞衣服，領子上還有縐褶，我猜是范倫席思蕾絲，

10 蘭樹舞（Lancer），一種四人組的方塊舞。

怪透了。新娘穿的也是奇怪的褲裝，白色，但全身印滿了綠色酢漿草圖案。」

「嗯，親愛的阿蕊登，你絕對想像不到，真的很離譜，在教堂也是這樣，如果我是牧師，我不會主持這種婚禮。」

茶來了，她們繼續聊天。

「前幾天我遇見我教女西莉亞・雷文克，」奧利薇夫人說，「你還記得雷文克一家嗎？當然，也好多年了。」

「雷文克？等等，是發生慘案的雷文克嗎？夫妻兩個一起自盡，是這樣吧？在他們家附近的懸崖邊發生的吧？」

「茱莉亞，你的記性真好。」奧利薇夫人說。

「我的記性一直不錯，只不過有時記不清名字。那真是一樁悲劇，不是嗎？」

「確實很悲慘。」

「我有個表弟在馬來半島時和他們很熟，羅迪・福斯特，你知道吧。雷文克將軍在軍中很有威望，不過退休時他耳朵已經有點聾了，常聽不清別人說的話。」

「你還記得他們夫婦嗎？」

「記得呀，其實我們並不容易忘記認識過的人，不是嗎？他們在懸崖山莊住了五、六年吧。」

「我忘了雷文克夫人的名字了。」奧利薇夫人說。

「應該叫瑪格麗特，不過大家都叫她莫莉。沒錯，是瑪格麗特，那時很多女孩子都取這個名字。你還記不記得，她習慣戴假髮。」

「噢，是的。」奧利薇夫人說，「我記得不大清楚，不過應該是。」

「她好像曾經勸我戴假髮，說出國或旅遊時很方便。她有四頂假髮，一頂是晚上戴，一頂旅行時戴，還有一頂很奇特，就算上面戴了帽子也不會變形。」

「我和他們沒那麼熟，」奧利薇夫人說，「而且槍殺案發生時，我正在美國巡迴演說，所以不清楚細節。」

「嗯，當然，那是個大謎團。」茱莉亞．卡絲泰說，「我的意思是，沒人知道答案，流傳的小道消息倒很多。」

「警方調查後怎麼說呢？他們應該有調查過吧。」

「噢，當然，警察調查了，但槍殺的過程很難釐清，他們也不敢斷定。應該是雷文克將軍殺了妻子後再自盡，但也有可能是妻子槍殺丈夫後飲彈自盡。我認為是兩個人相約自殺，但沒人知道為什麼。」

「難道沒人懷疑是他殺嗎？」

「據說完全沒有他殺的跡象，我是說，沒有別的腳印或有人走近的痕跡。喝過午茶後，他們像往常一樣出去散步，可是沒有回來吃晚飯，於是男僕或園丁出去尋找，發現他們都死了，手槍就在兩人中間。」

「那把左輪手槍是將軍的嗎？」

「嗯。他屋裡有兩把左輪手槍，退伍軍人都這樣，不是嗎？我的意思是，這樣他們比較有安全感。另一把手槍還在屋裡的抽屜中，所以他……嗯，應該是他特地帶手槍出門的，我想將軍夫人是不太可能帶手槍去散步的。」

「是啊，可是，事實不會這麼簡單吧？」

「但是，找不到明顯的證據表示他們有任何嫌隙或爭吵，或者會導致他們自殺的原因。當然你不可能知道別人生活中的不幸。」

奧利薇夫人說：「是的，沒人會知道，這倒是真的。茱莉亞，你自己有什麼看法呢？」

「噢，親愛的，人都有好奇心。」

「是呀，」奧利薇夫人說，「人都是這樣。」

「有可能是，將軍得了什麼病，也許聽說自己罹患癌症將不久於人世，不過化驗報告說，他並沒有大病，很健康。他患過……我想他以前得過什麼？冠狀動脈疾病，是這麼叫的嗎？聽起來像是皇冠對吧，但那可是一種心臟病。他患過這種病，但已經康復了。那位夫人呢，呃，她有些神經質，總是神經緊張。」

「嗯，我好像記得這些，」奧利薇夫人說，「當然我和他們不熟，不過……」她突然問道：「當時她有戴假髮嗎？」

「噢，嗯，我不記得這點。她一直都戴著假髮，我是說，戴其中一頂。」

「我只是很好奇，」奧利薇夫人說，「我不了解，如果你要自殺，甚至想槍殺丈夫，不會還戴著假髮吧？你說呢？」

兩位女士興致勃勃地聊著這個話題。

「茱莉亞，你到底是怎麼想的？」

「親愛的，正如我說的，人都有好奇心。有些傳聞一直流傳不休。」

「是關於將軍還是夫人？」

「呃，他們說有個年輕女子，我想是做祕書工作的。他應出版商邀約，正在撰寫國外生涯的回憶錄，這個女子常來幫他做口述記錄。有些人說……嗯，人們有時會說三道四的，他們說他可能……呃，和這個女子有曖昧關係。她並不是很年輕，三十幾歲了，相貌平平，我覺得應該不會有見不得人的事，但沒人搞得清楚。大家都猜是他殺了妻子，因為他想，嗯，也許他想娶這個女人。我不相信那類的傳聞，我從來也沒相信過。」

「那你是怎麼想呢？」

「嗯，我倒是對夫人有些懷疑。」

「你是說有別的男人？」

「我相信在馬來半島發生過一些事，我聽過關於她的一些傳聞。她和一個比她小很多的年輕人糾纏在一起，她丈夫很不高興，這件事成了醜聞，我忘了是在哪裡。不過，事情過去很久了，後來也沒聽說有下文。」

「他們家附近沒有什麼傳聞嗎？沒聽說他們和鄰里間誰有特殊關係？沒人聽過他們爭吵或其他不快嗎？」

「嗯，我想沒有，當時的相關報導我都看過了。大家確實議論紛紛，因為覺得這應該跟……嗯，愛情悲劇有關。」

「但你認為沒有？他們有小孩不是嗎？有一個還是我的教女。」

「沒錯，還有個兒子，那時應該很小，在什麼地方念書。女兒只有十二歲，噢，可能不止，她住在瑞士的寄宿家庭裡。」

「我想，這家人沒有精神問題吧？」

「噢，你是指那個男孩，是的，當然可能有。你一定聽過這些怪事，有個男孩射殺了他父親，好像就在新堡附近。事情發生的前幾年，他非常消沉，據說他剛上大學時曾企圖上吊自盡，後來回到家槍殺了他父親，沒人知道為什麼。但不管怎麼說，雷文克一家沒有這種問題，應該沒有，事實上我很確定沒有。但另一方面，我忍不住想……」

「什麼？茱莉亞？」

「呃，我忍不住猜測，這事和男人有關。」

「你是說夫人她……」

「是的，呃……很有可能。你知道，譬如說那些假髮。」

「我不懂這怎麼會和假髮有關呢？」

「嗯，她想讓自己看來更漂亮。」

「她有三十五歲了吧？」

「不止，三十六歲了。記得有一天她拿假髮給我看，其中有一兩頂她戴起來之後真的很迷人，而且她的妝化得很濃，這都是他們搬到那裡以後才開始的。她的確長得很漂亮。」

「你是說，她可能遇上了某個人，某個男人？」

「嗯，我一直都這樣想。」卡絲泰夫人說，「你知道，要是男人和一個女孩勾搭上，人們通常比較容易看出來，因為男人不善於掩藏自己，但是女人就有可能。嗯，我想也許她遇上某個男人，只是沒人察覺。」

「噢，真的嗎，茱莉亞？」

「不，我不確定。」茱莉亞說，「因為總會有人知道的，不是嗎？可能是僕人、園丁、司機或鄰居發現了，他們知道後就會議論。也有可能，是他自己發現了……」

「你是說因嫉妒而起殺機？」

「嗯，我是這麼想的。」

「所以，你認為他殺了她之後再舉槍自盡，比她殺了他再自殺的可能性要大？」

「嗯，應該是這樣。因為如果她想除掉他……嗯，不可能散步時還在皮包裡放一把手槍，要是這樣的話，那皮包一定很大。我們總得考慮一些實際的問題。」

「我明白了。」奧利薇夫人說，「確實，很有趣。」

「對你來說一定很有趣，親愛的，你寫的就是犯罪故事。你一定有更好的看法，你應該更清楚原因。」

「我未必更清楚原因，」奧利薇夫人說，「因為我的偵探故事都是憑空想像，希望發生的事就會出現在故事裡，但它不是真實的，也不太可能發生，所以我最沒資格開口。我想聽聽你怎麼說，因為你認識很多人，而且和他們很熟，我想夫人或將軍應該對你說過什麼。」

「沒錯，沒錯。等等，這麼說倒使我想起了一些事。」

卡絲泰夫人靠向椅背，困惑地搖搖頭，半閉著眼好似昏迷一般。奧利薇夫人保持靜默，猶如女人在等待水壺燒開那般盯著卡絲泰夫人的臉龐。

「我記得，有一次她說了什麼，當時我還納悶她是什麼意思呢。」卡絲泰說，「說的是展開新生活，好像與聖德蘭有關，亞維拉的聖德蘭……」

奧利薇夫人有點吃驚地問道：「怎麼又扯上亞維拉的聖德蘭呢？」

「嗯，我也不知道。我想她一定在讀聖德蘭的傳記，總之，她說女人如果能有第二春的機會是多美妙的事……原來的字句未必如此，但就是這個意思。你也知道，女人到了四、五十歲左右，就會突然想過新的生活。亞維拉的聖德蘭就是這樣，她除了當修女之外，從來沒做過什麼特別的事，直到後來她不甘平凡，改革了所有的修道院，因此一躍成為聖人。」

「沒錯，不過看起來她們的情形不太一樣。」

「嗯，是不一樣。」卡絲泰說，「但女人遇上愛情總會說傻話，什麼永遠不嫌太遲。」

# 07 拜訪保母

奧利薇夫人猶疑地看著路旁這棟年久失修的村舍前門以及三級台階，窗戶下種著球莖植物，大都是鬱金香。

她停下來看看手中的通訊錄，確定這就是目的地。她按按那個看起來很像電鈴的東西，屋裡沒有聽到什麼聲響；她又輕輕地敲一下門環，還是沒反應。她又敲了一次，這次屋裡傳出拖動腳步的聲音，接著是沉重的呼吸和伸手開門的聲響。這些嘈雜聲透過信箱傳來模糊的回聲。

「噢，見鬼，又卡住了，可惡！」

隨著門內一陣騷亂，門終於在吱吱嘎嘎聲中慢慢拉開來。一個滿臉皺紋、駝著背、步履蹣跚的老婦人盯著她看。老婦人面露不悅，不是害怕，只是對那些意欲敲開一個英國老婦堡壘的人表達厭惡。她應該有七、八十歲了，但仍是這棟屋子的捍衛者。

「我不知道你來幹什麼，而且……」婦人停下來。「啊，是阿蕊登小姐，我不知道是你，阿蕊登小姐！」

「你還記得我真是太好了。」奧利薇夫人說，「你好嗎，瑪茜太太？」

「阿蕊登小姐！真是稀客。」

奧利薇夫人想，被叫作阿蕊登小姐已經是好多年前的事了，儘管老婦人的聲音已經年老沙啞，但她的音調仍是那麼熟悉。

「親愛的，進來吧。」老婦說，「快進來，你看來氣色不錯呀。我記不得有多少年沒見到你了，至少有十五年了吧。」

其實遠不止十五年，但奧利薇夫人沒有糾正她。她進了屋子，瑪茜太太的雙手似乎不太聽使喚，她抖動著手費勁地關上門，拖著步子蹣跚地走進一個小房間，顯然那是瑪茜太太接待客人的地方。屋裡有很多照片，有嬰兒的，也有成人的，有些照片還用上好的皮革相框框著，皮框雖然風乾了，但還不至於裂成碎片。其中有個黯淡的銀相框，照片上的年輕女人穿著宮廷服飾，頭上飄著羽毛。另有兩個海軍軍官和兩個陸軍軍官的照片，還有光屁股的嬰兒在毛毯上爬行的照片。屋裡有一張沙發和兩張椅子，奧利薇夫人順從地坐到椅子上，瑪茜太太靠著沙發坐著，有些費力地拿了一個靠墊塞在身後。

「親愛的，見到你真高興，你還在寫那些可愛的故事嗎？」

「是的。」

奧利薇夫人不太懂偵探小說和犯罪故事怎麼能叫作「可愛的故事」，不過她想起這正是瑪茜太太的習慣。

「我現在一個人住，」瑪茜太太說，「你還記得我姐姐格蕾西嗎？她去年秋天死了，是癌症。他們幫她開刀，但太晚了。」

「噢，天哪，真不幸。」奧利薇夫人說。

兩人又聊了十分鐘，數算著瑪茜太太的親戚還有誰過世了。

「你過得不錯吧？一切都順利嗎？有沒有結婚？噢，我想起來了，你丈夫幾年前去世了，對吧？什麼風把你吹到索登麥諾這個小鎮來的？」

「我只是碰巧路過，」奧利薇夫人說，「又在通訊錄裡看見你的地址，就過來看看你好不好。」

「啊，也順便談談過去！提到過去總是很棒的，不是嗎？」

「是的，的確是。」

瑪茜太太先提起這個話頭說出她的目的，讓奧利薇夫人鬆了口氣。

「你有好多照片呀！」

「噢，對啊，那些。知道嗎，我在養老院住了一年零三個月，就再也受不了啦。那地方有個蠢名字，叫幸福夕陽養老院……好像是這樣。那些人很可惡，居然說不准我們保留個人的東西，都得歸養老院。我不是說它不舒服，可是你知道我喜歡我的東西擺在身邊，像照片啦和我的家當。後來有個什麼社團機構的好心女士，告訴我有另一個什麼地方，房子是自己的，你可以帶自己喜歡的東西，而且每天有好心的人來看你過得好不好。啊，可是我在這兒很舒服，真舒服，我的東西都在這裡。」

「這些都是從四面八方來的吧？」奧利薇夫人環視著問道。

「對呀。那張桌子，黃銅那張，是威爾遜船長從新加坡或什麼地方帶來送給我的。還有那個貝拿勒斯[11]黃銅，很棒吧？很好玩的菸灰缸。那個是埃及來的，叫蜣螂還是別的名字，聽起來像是某種過敏性皮膚病，但它不是，那是一種金龜子，用某種石頭做的，他們都叫它寶石，很亮的藍色，叫青基……青吉，還是青井之類的。」

「是青金石。」奧利薇夫人說。

「對，就是這個名字，很漂亮吧，是那個考古的孩子挖出來送我的。」

「都是你甜蜜的回憶。」奧利薇夫人道。

「對呀，這都是那些男孩女孩的照片，有他們嬰兒時拍的，有些是滿月或更大一點時照的，還有我一次去印度、一次去暹羅照的。噢，那是莫亞小姐穿她的宮廷服拍的，她長得很漂亮，離了兩次婚。第一次是因為老公很霸道，後來她又嫁給一個唱歌的，當然這種婚姻是維持不久的。後來她在加州又結了婚，他們有一艘遊艇可以四處遊玩。兩三年前死掉了，才六十二歲，這麼年輕就死了真可惜。」

「你自己也去過很多地方吧？」奧利薇夫人說，「去過印度、香港、埃及、南非，對吧？」

「嗯，我是去過一些地方。」

「記得我在馬來半島時，你是住在一個軍人家裡，對吧？」奧利薇夫人說：「什麼將軍……等等，我想得起來的……是雷文克將軍，對吧？」

「不，不，不，你記錯名字了，你說的那時候我是在巴納比家。你還來住過他們家，記得嗎？你在旅行，來住巴納比家。你和巴納比夫人是老朋友，她先生是個法官。」

「噢，對。」奧利薇夫人說，「有點麻煩，我老是把名字弄混。」

「他們有兩個可愛的孩子，」瑪茜太太說，「當然兩個孩子都回英國念書，兒子念哈羅公學[12]，女兒念羅丁女子學校[13]，我想是這樣的。後來我搬到另一家去了。啊，現在都不一樣了，連女傭都很少了。跟你說，那些女傭常常惹麻煩，我在巴納比家和女傭處得不錯。你剛才說到誰？雷文克？哦，我記得他們，但我忘了他們住的地方，離這兒不遠吧。大家都認識他們，對啊，好多年前的事了，但我還記得。那時我還住巴納比家，孩子們上學之後，我繼續留下來照顧巴納比夫人，其實是處理她的東西，修修補補。噢，那件可怕的事情發生時

11 貝拿勒斯（Benares），位於印度北部，是著名的歷史古城，也是印度教聖地。

12 哈羅公學（Harrow Schoo），位於倫敦北部，是一所成立於十六世紀的男校。

13 羅丁女子學校（Roedean Schoo），位於塞薩克郡的私立女子學校，創立於一八八五年，被認為是英國最好的女校。

我在那兒……不是巴納比，是雷文克家發生的事。我永遠也不會忘記聽到消息時的心情，當然那跟我一點關係也沒有，但發生這種事真不幸，不是嗎？」

「的確如此。」奧利薇夫人說。

「那件事是在你回英國以後，我想是回去很久以後發生的。他們夫妻人很好，非常好，大家都嚇了一跳。」

「我一點也記不得了。」奧利薇夫人說。

「我知道，人都會忘事的，但我可不。據說她一直很怪，從小孩時期就這樣。以前有人說，她曾把嬰兒從搖籃裡抱出來扔進河裡，他們說是嫉妒，還有人說她想讓嬰兒直接上天堂以免要等候。」

「你是……你是說雷文克夫人？」

「不是，當然不是。啊，你不像我記性這麼好，我說的是她姐姐。」

「夫人的姐姐？」

「我現在也不能確定是將軍的姐姐還是夫人的姐姐。據說她在一家精神病院住了很久，從十一、二歲左右就去了。她留在精神病院，後來聽說康復出院了，和一個軍人結婚。後來又出了麻煩，她又被帶回去。他們待病人很好，有整套家具，房間很棒。他們也常去看她，我是說將軍和他太太。她的孩子是交給別人帶大的，因為怕他們像母親。不過，他們說她病又好了，所以她又回來和丈夫一起住，後來她丈夫死了，我記得是高血壓或心臟病吧。總之，這個姐姐很消沉，後來搬去和她弟弟或妹妹住在一起，好像住得很開心，也很疼小孩。我想不是那個男孩，他在學校，是那個女孩，那天下午有另一個小女孩和她一塊兒玩。噢，我記不清細節了，時間太久了。傳言很多，有人說根本不是她做的，是保母，可是那保母很喜歡他們，所以她很不高興。她想把他們帶走，說他們在那裡不安全等等。當然其他人不會相信她的話，結果事情就發生了。我猜他們一定認為是她……她叫什麼名字，我不記得了。總之，就是這樣。」

「這個姐姐後來怎樣了？」

「嗯，她被醫生帶走，送到某個地方，最後回英國了吧。不知道她是不是回原來那家醫院，不過她被照顧得很好。反正錢多，你也知道，她的夫家很有錢。也許她後來又好了，不過，嗯，你不問，我都很多年沒想起這事了。不知他們現在在哪裡，一定退休很久了。」

「嗯，事情很令人傷心。」奧利薇夫人說，「你看過報導了吧？」

「什麼報導？」

「呃，他們在英國買了房子，後來……」

「啊，我想起來了，我記得在報上看過的，沒錯，當時只覺得雷文克這名字很熟，但不記得是哪裡得來的印象。他們掉到懸崖下了，對吧？」

「嗯，差不多。」奧利薇夫人說。

「親愛的，見到你真高興，你一定要在我這兒喝杯茶。」

「不，」奧利薇夫人說，「不用了，真的不用。」

「當然要，要是不嫌棄的話，到廚房去好嗎？我差不多整天都待在那裡，活動比較方便，可是客人來的時候，我都帶到這個房間，因為我這些東西值得誇耀，我很得意有這些東西，還有這些孩子。」

「我想，」奧利薇夫人說，「你照顧孩子的那段歲月一定很美好。」

「沒錯，我記得你還是小女孩的時候，很喜歡聽我講故事。一隻老虎的故事，還有一個猴子，樹上猴子的故事。」

「是呀，」奧利薇夫人說，「我記得，那是好久以前的事了。」

奧利薇夫人思緒飄回從前，六、七歲時，她穿著一雙很緊的帶釦靴子走在英格蘭的小路上，聽著隨行照料的保母講印度和埃及的故事，瑪茜太太就是那個保母。離開客廳時，奧利薇夫人再度環顧四周，看著那些女孩、男孩以及許多中年人的照片。照相時他們都穿著最好的衣服、裝在最好的相框裡寄來，因為他們都沒忘記她。也許有他們的金錢資助，她的晚年才算過得去。奧利薇夫人突然好想大哭一場，但她反常地靠意志力克制了自己。她跟著瑪茜太太走進廚房，送上帶來的禮物。

「噢，想不到，這一罐是上等的泰薩姆茶呢，我一直很喜歡這種茶，沒想到你還記得，現在這種茶不好買了，這也是我最喜歡的茶葉。你的記性真好，他們都怎麼叫你的？那兩個常找你玩的小男孩？有一個叫你大象小姐，另一個叫你天鵝小姐吧。叫你大象小姐的男生常騎在你背上，你就趴在地上馱著他四處亂爬，還得騰出手假裝象鼻子捲東西呢。」

「你都不會忘記事情嗎，保母？」

「啊，」瑪西太太說，「大象不忘事，這是句老話呀。」

# 08 奧利薇夫人出訪

奧利薇夫人走進貨品齊全的「威廉斯與巴尼」藥妝店，在堆滿各種治療雞眼和硬皮藥品的旋轉盤前停下來，又在堆積如山的橡膠泡綿前猶豫了一會，然後在處方台前徘徊一陣，接著從陳列美觀的櫃檯前走過，櫃檯上堆滿伊莉莎白．雅頓、赫蓮娜．魯賓斯坦、蜜絲佛陀和其他化妝品公司的產品，滿足女人想像自己變成美女的欲望。

奧利薇夫人最後走到一個豐滿的女店員前，買了一條唇膏，然後驚呼出來。

「咦，瑪蓮，你不是瑪蓮嗎？」

「噢，沒想到是你，奧利薇夫人，好高興見到你，太棒了！我要告訴其他同事你在這裡買過東西，她們一定很興奮。」

「不用告訴她們吧。」奧利薇夫人說。

「噢，我敢說她們一定會拿簽名簿來！」

「希望不會，」奧利薇夫人說，「你最近好嗎，瑪蓮？」

「噢，馬馬虎虎，還過得去。」瑪蓮說。

「我不知道你還在這裡工作。」

「我想，到別的地方也差不多吧，而且他們對我不錯，去年我加薪了，現在我多少負責管這個化妝品櫃檯。」

「你媽媽呢？身體好嗎？」

「噢，很好。她要是知道我見過你一定很高興。」

「她還住在……醫院再過去那條路嗎？」

「是的，我們還住那兒。我爸爸身體不太好，不時要上醫院。我媽倒是一直很健康，知道我見到你，她一定很高興。你是特地過來的嗎？」

「也不算，」奧利薇夫人說，「其實我只是剛好路過，去看一個老朋友，我想……」她看看手錶說：「你媽媽會在家嗎？我可以過去看看她，走之前可以聊幾句。」

「噢，那快去吧。」瑪蓮說，「她一定高興死了，可惜我不能一起去。因為……唉，被看到不太好，我還要一個半小時才能離開。」

「沒關係，下次吧。」奧利薇夫人說，「我忘了，你們家是十七號，還是有個名字？」

「我們家叫月桂小屋。」

「噢，對，對，我好笨。見到你真高興。」

奧利薇夫人匆忙帶著那支根本不想要的唇膏離開，驅車行駛在奇平巴川的大街上，轉了個彎，經過一個車庫和醫院，開進一條兩邊有舒適房子的狹窄小路。

奧利薇夫人在月桂小屋前下車敲門，一個五十歲左右、清瘦而精神飽滿的灰髮婦人開了門，仔細辨認著來客。

「啊，是你，奧利薇夫人，哦，好久好久不見了。」

「是呀，好久不見了。」

「進來吧，快進來。喝杯茶吧？」

「不用了，」奧利薇夫人說，「我剛在一個朋友那邊喝了，而且我得趕回倫敦。是這樣的，我到藥妝店買點東西，結果碰見了瑪蓮。」

「噢，是啊，她在那裡做得不錯，他們很器重她，還說她有經營才能。」

「真好。你最近好嗎，巴蔻太太？你看來身體不錯，和上次見到時一樣，都沒什麼變。」

「噢，才沒有，頭髮都白了，人也瘦了許多。」

「今天我遇見好多老朋友，」奧利薇夫人進了屋子，走到一間窄小凌亂的客廳。「你還記得卡絲泰夫人嗎，茱莉亞．卡絲泰夫人？」

「噢，當然記得，她一定過得不錯。」

「的確，我們聊到過去的事，甚至連以前發生的悲劇也談了。那時我在美國，所以知道的不多，就是大家說的雷文克案。」

「噢，我記得很清楚。」

「你曾經在他們家工作對吧，巴蔻太太？」

「沒錯，我通常一星期去三個上午，他們人很好，標準軍隊出身的紳士和淑女……你們大概會這樣形容吧，總之是老派人士。」

「發生那種事真是太悲慘了。」

「嗯，真的是。」

「那時你還在他們家工作嗎？」

「沒有，我沒辦法。我的老姑媽艾瑪過來和我一起住，她快瞎了，身體又不好，我騰不出更多時間去外面工作。不過事情發生的前一兩個月，我都還在那邊。」

「這種事真可怕，」奧利薇夫人說，「據說他們是一起自殺的。」

「我不信，」巴蔻太太說，「他們一定不是約好一起自殺的，他們不是那種人，而且本來在一起那麼快樂。當然啦，他們住在那邊也沒多久。」

「沒錯，他們沒住多久。」奧利薇夫人說，「他們第一次回英國時，住在伯恩茅斯附近不是嗎？」

「對，但他們覺得離倫敦太遠了，所以搬到奇平巴川來，房子和花園都很漂亮。」

「你最後一次在他們家工作時，他們的身體都還好吧？」

「嗯，將軍就和許多人一樣，覺得自己老了，他的心臟有點毛病，也有輕微中風。你也知道，就是那類毛病。他們就是吃藥，有時也到醫院住一陣子。」

「那夫人呢？」

「嗯，我想她很懷念在國外的生活，他們在這裡認識的人不多，儘管也和一些同階級的家族來往。但在馬來半島比較不一樣，那裡有許多僕人、有快樂的宴會等等。」

「你覺得她很懷念她的歡樂宴會？」

「呃，我不是很確定。」

「有人告訴我她戴假髮。」

「噢，她有好幾頂假髮，」巴蔻太太笑了。「很精巧也很昂貴，她時常把它們送回倫敦，請他們重新整理後再寄回來。她有各式各樣的假髮，赤褐色的、整頭灰色的鬈髮……她戴這頂的時候的確很迷人。還有兩頂，嗯，不是很漂亮，但很實用……起風的時候表示會下雨，總會想在頭上戴點什麼。夫人很重視外貌，也花了不少錢在服飾上。」

「你覺得這場悲劇的原因是什麼？」奧利薇夫人說，「你知道，那時我在美國，不在這邊，也看不到任何朋友，所以沒聽過這件事。而且，嗯，也不方便直接問或在信中提這種事。聽說用的是雷文克將軍自己的左輪手槍？」

「噢，是呀，將軍在屋裡放了兩把槍，他說沒槍的房子不安全，也許他是對的，就我所知，之前他們從來沒碰過麻煩。有一天下午，一個很討厭的人闖到將軍家裡來，我不喜歡他的樣子，他想見將軍，說他年輕時曾在將軍的團裡當兵。將軍問了他幾個問題，認為這個人不太……嗯，不可靠，就遣他走了。」

「會不會是別人下的手？」

「嗯，我覺得應該是，我想不出別的原因。我很不喜歡那個園丁，他名聲不太好，我猜他以前坐過牢。不過將軍接受了他，願意給他一次機會。」

「所以，你覺得可能是園丁殺了他們？」

「嗯，我……我一直這麼想，也可能不是。可是我不相信……我是說，大家謠傳將軍或夫人的緋聞，或者將軍殺了夫人還是夫人殺了將軍，那全是胡說八道。在我看來，一定是外人下的手。他們不像現在的人那麼壞，還沒那麼多凶殘的手段。看看現在報上寫的東西，年輕人可能還只是個孩子，就吸毒、撒野、橫衝直撞、莫名其妙地殺人；在酒吧邀請女孩子一塊喝酒然後送她回家，結果第二天女孩就陳屍在陰溝裡；把搖籃裡的嬰兒偷偷抱走；帶女孩去舞會，然後在回來的路上殺死或勒死她，好像每個人都可以為所欲為。總之，將軍和夫人這對為人寬厚的夫婦，某天傍晚悠閒地去散步，最後卻都腦袋中槍死了。」

「是射穿頭部嗎？」

「嗯，我記得不太清楚了，我也沒有親眼看到。總之，他們只是像平常一樣出去散步。」

「他們之間有過什麼不愉快嗎？」

「嗯，他們偶爾也會爭吵，哪對夫婦不吵呢？」

「沒有男朋友或女朋友？」

「噢，對他們那種年紀的人，可能不適合用這些字眼，我是說，到處都有人這麼議論，但全是胡說，根本沒這回事。人就是喜歡談論這種事。」

「會不會他們有誰……病了？」

「嗯，夫人曾有一兩次到倫敦看醫生，我猜是準備住院或打算動個手術，不過她從來沒告訴過我。我想醫生把她治好了。她在醫院只待了一段時間，應該沒開刀。從倫敦回來以後，她看起來更年輕了。總之，她一定做了整型，戴上那些鬈曲的假髮看起來好漂亮，好像換了個人。」

「那雷文克將軍呢？」

「他是個正派的紳士，我沒聽說過他有醜聞，我想也不會有吧。雖然大家議論紛紛，不過只要一有悲劇，就會有人亂說話。他的頭好像在馬來半島撞傷過。我有個叔叔還是伯父有一次從馬背上摔下來，撞在一門大砲或什麼東西上，後來他就變得很古怪。前六個月還很正常，後來他整天想殺他老婆，最後被送進精神病院。他說他老婆跟蹤他、想害他，又說她是其他國家派來的間諜。唉！清官難斷家務事呀。」

「總之，你覺得我聽到的那些傳言，譬如說他們感情不好，所以才殺了對方之後再自盡等等，這些沒有一個是真的？」

「嗯，我不相信。」

「當時他們的孩子在家嗎？」

「沒有，小姐她……呃，她叫什麼？蘿西嗎？不對，佩內洛嗎？」

「是西莉亞，」奧利薇夫人說，「她是我的教女。」

「噢，對，我想起來了，記得有一次你帶她出去玩。她很活潑，有時脾氣很壞，不過我想她很愛她父母。說來幸運，悲劇發生時她正在瑞士念書，如果她當時在家，一定會受到很大的打擊。」

「他們還有個兒子，是吧？」

「對，愛德華少爺。將軍有點擔心他，他看起來好像也不喜歡他父親。」

「噢，那沒什麼，男孩子都有這種時期。愛德華喜歡他母親嗎？」

「嗯，我想夫人對他太過關心，他大概覺得很煩。你也知道，男生不喜歡母親嘮嘮叨叨，叫他們穿厚一點的毛衣或多加件衣服等等。將軍不喜歡他的髮型，是種……呃，反正不是現在這種樣式，但已經有點樣子了，你知道我的意思吧。」

「事情發生時，愛德華也不在家嗎？」

「對。」

「我想他一定很震驚吧？」

「嗯，一定的。當然我聽說的不多，因為我沒再去過他們家。你要問的話，我告訴你，我不喜歡那個園丁，我想他叫作……呃，弗雷德，弗雷德．韋澤，好像吧。他似乎曾經犯過……嗯，詐欺之類的事，被將軍查出來了要解雇他，我覺得他嫌疑很大。」

「你是指槍殺將軍夫婦？」

「嗯，我想有可能他本來只想殺將軍，但是夫人也在旁邊，他就不得不連她一起殺了，書上都是這樣寫的。」

「沒錯，」奧利薇夫人沉思著說，「從書上可以學到各種事情。」

「還有一個家庭教師我也不喜歡。」

「什麼教師？」

「嗯，愛德華以前有一個家庭教師，他在預科學校的考試沒通過，所以他們幫他找了個家庭教師。他教了大概一年，雷文克夫人很喜歡他。她很喜歡音樂，那個老師也是。記得他叫艾德蒙，一個很娘娘腔的年輕人。照我看來，將軍也不怎麼喜歡他。」

「但雷文克夫人喜歡。」

「噢，我想他們有很多共同點，是夫人而不是將軍決定聘用艾德蒙的。艾德蒙溫文有禮、言談得體而且……」

「那個男孩呢？他叫什麼……」

「你是說愛德華嗎？噢，他很喜歡這個老師，簡直有點英雄崇拜了。總之，不要聽信那些醜聞的謠言，說夫人和誰有關係或是將軍和那個幫他做記錄的圓臉女孩糾纏不清。不管那個邪惡的凶手是誰，他都是外面的人。警察沒有找到任何嫌犯，現場附近有一輛車，但車上也沒查到有用的線索。不管怎樣，我認為應該去找在馬來半島或國外認識將軍夫婦的人，甚至查查他們剛開始在伯恩茅斯住的地方。事情很難講。」

「這件事你丈夫怎麼想？」奧利薇夫人問道，「他沒有你了解的多，但他可能也聽到不少。」

「當然了，他也聽到很多傳言。有天晚上在『喬治與弗萊格』，大家七嘴八舌，說夫人酗酒，一箱箱的空酒瓶搬出屋外。那絕對是假的，我知道事情的真相。他們有個侄子偶爾會來看他們，有天不知怎麼惹上警察了……但我覺得這和命案沒什麼關聯，警察也這麼想。總之，這件事不是那時發生的。」

「除了將軍和夫人之外，再沒有別人同住嗎？」

「嗯，夫人有個姐姐有時會過來，好像是同父異母的姐妹，兩人長得很像。我老覺得，那個姐姐每次一來就會有麻煩，她喜歡瞎攪和，說些討人厭的話。」

「夫人喜歡她嗎？」

「嗯，要問我的話，我覺得她不是很喜歡。那個姐姐希望和他們在一起，不想離開她，但我認為夫人覺得她很難以忍受。她很會玩牌，所以將軍很喜歡她，他喜歡找她下棋、玩牌，有些地方她是滿風趣的。她好像叫潔瑞柏夫人，應該是寡婦，經常向他們借錢。」

「你喜歡她嗎？」

「嗯，不介意我這麼說的話，夫人，我不喜歡她，很不喜歡。我覺得她是專門惹麻煩的人。但慘案發生前她有一陣子沒來，我不太記得她長什麼樣子了，她有個兒子來過一兩次，我也很不喜歡他，鬼鬼祟祟的。」

「嗯，」奧利薇夫人說，「我想沒有人能知道真相了，畢竟都過了這麼久。前幾天我遇見我教女。」

「真的嗎？夫人，我很想知道西莉亞小姐的近況，她過得怎麼樣？還好吧？」

「嗯，看起來很好，她好像正考慮要結婚。總之，她已經有一個……」

「有固定的男朋友了嗎？」巴蔻太太說，「啊，我們都是這樣過來的，就算不是嫁給第一個碰上的人，但十之八九也是這樣。」

「你認識伯登卡夫人嗎？」奧利薇夫人問。

「伯登卡？好像聽過這個名字。不，不太清楚。她住這邊，或者到他們家作過客？不，沒印象。不過我以前聽過這個名字，好像是將軍在馬來半島認識的老朋友，但我不認識。」

她搖了搖頭。

「好了。」奧利薇夫人說，「不能再閒聊了，見到你和瑪蓮真讓人高興。」

# 09 研究大象的結果

「奧利薇夫人來過電話。」男僕喬治向赫丘勒．白羅報告。

「啊，喬治，她說什麼？」

「她想在今天晚餐後過來見你，先生。」

「好極了，」白羅說，「太好了，今天很煩悶，見到奧利薇夫人可以振作些。她一向風趣而且常語出驚人。她提到過大象嗎？」

「大象？好像沒有，先生。」

「啊，看來大象令人失望了。」

喬治疑惑地看著主人，有時他實在不懂主人的話前後有什麼關聯。

白羅說：「回電話說歡迎她光臨。」

喬治離開，不久後回報奧利薇夫人大約八點四十五分到。

白羅說：「咖啡，準備好咖啡和小糕點，我剛從『福納與梅森』那裡買了一些。」

「需要甜酒嗎，先生？」

「不用，我喝黑醋栗果汁就行了。」

「好的，先生。」

§

奧利薇夫人準時到達，白羅滿心歡喜地接待她。

「你好嗎，親愛的夫人？」

「筋疲力盡，」奧利薇夫人在白羅示意的椅子上坐下。「整個筋疲力盡。」

「噢，Qui va á la chasse[14]……我記不得這句諺語了。」

「我記得，」奧利薇夫人說：「小時候就學過了，Qui va á la chasse perd sa place[15]。」

「我想，叫你一直調查探訪其實是不太恰當的，我是說尋找大象這件事，除非你只是把它當成比喻而已。」

「並不是，」奧利薇夫人說，「我一直瘋狂地追尋大象，這裡那裡四處找尋。用掉多少汽油、做了多少推理、寫了多少封信、拍了多少電報……你不知道這有多累人。」

「那就休息一下，喝杯咖啡吧。」

「香濃可口的黑咖啡，正合需要。」

「可以問問有什麼收穫嗎？」

「聽到很多，」奧利薇夫人說，「問題是不曉得有沒有用。」

「總之，你得知很多內情了？」

「也不算，我聽到的是他們自認是事實的訊息，但我很懷疑裡頭有多少是真的。」

「都只是傳聞嗎？」

「不盡然，都是些回憶。人都有回憶，問題是回憶不見得都正確，不是嗎？」

「沒錯，但它們仍稱得上是收穫，對吧？」

「你做了些什麼呢？」奧利薇夫人說。

「你真是一刻也不放鬆，夫人。」白羅說，「你要我四處走動，我也做了一些事。」

「噢，你四處找了嗎？」

「我沒有四處跑，不過向同行的專家詢問了案情。」

「好像比我輕鬆呀。」奧利薇夫人說，「噢，咖啡很棒，味道很濃。你不知道我現在有

14 法語，意思是「打獵的人」。

15 法語，意思是「外出打獵的人反而失去原有位置」，比喻得不償失。

多累、多混亂。」
「來吧，我們熱切期待。你找到什麼線索？你一定找到什麼了。」
「我聽到許多不同的故事和揣測，不確定哪個是真的。」
「故事可能不太正確，但會有用。」白羅說。
「啊，我懂你的意思，」奧利薇夫人說，「我也這麼想，當我四處察訪時就是這麼想的。當人們回憶過去、告訴你某件事時，那也許和事實有所出入，但這就是他們記憶中的事實。」
「不過他們一定也有所根據。」白羅說。
「我列了一張清單，」奧利薇夫人說，「不用詳列我到了哪裡、說了什麼和為什麼吧。我有目的地追問國內問不到的消息，這些都是從認識雷文克夫婦的人那裡問來的，儘管這些人和他們不熟。」
「你是指，這些消息都是國外來的？」
「大部分是國外，有些人在這邊只是約略聽過他們，有些人的姨媽、表姐或朋友很久以前認識他們。」
「你記錄的每件事都有一段故事，要嘛和那件悲劇相關，要嘛和牽涉其中的人有關，對吧？」
「正是如此。」奧利薇夫人說，「我直接告訴你，好嗎？」
「好，先來點小甜餅吧。」

「謝謝。」奧利薇夫人說。

奧利薇夫人拿了一塊味道很甜、外形不起眼的甜餅使勁嚼了起來。

「真甜，吃了精神百倍。好吧，我蒐集到的就是這些，通常開頭都是『噢，當然啦』、『整件事情多令人傷心呀』、『我想每個人都知道發生了什麼』之類的話。」

「嗯。」

「這些人認為他們知道真相，但理由都不是很充分，可能只是聽某某人說的，或是從朋友、僕人、親戚那裡聽來的。這些傳聞可想而知千奇百怪。第一個傳聞是：雷文克將軍正在寫旅居馬來半島期間的回憶錄，有個年輕女子擔任他的祕書，為他整理口述資料、打字等等。她長得很漂亮，他們之間顯然有關係。結果就是，呃，好像有兩種說法，一派說因為他想娶那個女孩，所以槍殺妻子，但他動手之後又嚇壞了，所以就自盡了……」

白羅說：「的確是個戲劇性的解釋。」

「另一則傳聞是：他們的兒子生病輟學在家待了六個月左右，於是他們請了家庭教師為兒子上課，而那教師是個英俊的年輕人。」

「啊，然後妻子便愛上這個家庭教師，可能還有曖昧關係吧？」

「正是這樣，」奧利薇夫人說，「但無憑無據，又是個戲劇性的猜測而已。」

「然後呢？」

「然後就是將軍殺害妻子後，因為悔恨而自殺了。另一個故事說將軍外遇被妻子發現，她便殺了他再自我了斷。每次都有細微的差別，但沒人真正知道實情，我是說，他們說的只是可能發生的事，不是將軍和一個或很多女人甚至已婚婦人發生婚外情，不然就是妻子和某個人有婚外情。故事中每次出現的人物都不一樣，沒有一樣是確定的，也沒有證據，只是一段出現在十二、三年前而現在早被淡忘的流言蜚語罷了。但他們的記性都不錯，能叫出一些名字，描述的事件也出入不大。當時恰好有個暴躁的園丁住在那裡，還有個年老的廚師，耳朵和眼力都不好，沒有人會懷疑她。還有很多，我把所有的名字和疑點都記下來了，有些名字是錯的。確實很困難。我想雷文克夫人有一段時間病了，可能是熱病。她一定掉了許多頭髮，所以才買了四頂假髮，她至少有四頂新的假髮。」

「嗯，我也聽說了。」白羅說。

「你從哪裡聽說的？」

「警局的朋友，他找出當時的驗屍報告和遺物紀錄，四頂假髮。我想聽聽你的看法，夫人，你不覺得四頂假髮太多了嗎？」

「呃，是的。」奧利薇夫人說，「我有個姨媽也戴假髮，她有一頂備用假髮，常用的那頂送去修補的時候，就戴備用的。我沒聽過有人有四頂假髮。」

奧利薇夫人從皮包裡拿出小筆記本，快速翻閱，尋找摘錄的話。

「卡絲泰夫人，七十七歲了，有點糊塗，她說：『我記得雷文克夫婦，啊，很恩愛的夫妻。不幸的是，得了癌症。』我問她是誰得了癌症，」奧利薇夫人說，「但卡絲泰夫人記不起來了。她認為將軍夫人回倫敦看醫生、動了手術回家後很痛苦，她丈夫很難過，所以就殺了妻子再飲彈自盡。」

「這是她的推測還是有證據？」

「就我聽到的來看，這完全是臆測。」奧利薇夫人說，「有人聽到不太熟的朋友突然去看醫生，總以為他們是得了癌症。我想生病的人自己也這樣想吧，有個人，我忘了名字，好像是T開頭的，她認為丈夫得了癌症，兩人都鬱鬱寡歡，他們討論病情，再也不能忍受了，便決定一起結束生命。」

「悲傷而浪漫。」白羅說。

「沒錯，但我認為不是真的。」奧利薇夫人說，「很困擾吧？我是說，人們記了那麼多的事，感覺是他們自己編出來的。」

「他們會為自己記得的事編個解釋。」白羅說，「也就是說，他們記得有人去倫敦就醫，或者住院兩三個月，這是他們知道的事實。」

「是的。」奧利薇夫人說，「等後來要提到這些事的時候，就順口編個解釋。完全沒有幫助，不是嗎？」

「有幫助的，」白羅說，「你說的那些話十分正確。」

「關於大象的話？」奧利薇夫人疑惑不解地問。

「是的。」白羅說，「了解纏繞在人們記憶中的舊事是很重要的，儘管他們不知道什麼才是真相、為什麼會發生或者導因為何，但他們知道別人不曉得或我們無從得知的事。他們靠著記憶的片段編出完整的故事，包括夫妻不忠、癌症、自殺、嫉妒等等臆測，而且全都告訴了你。我們可以進一步研究哪個說法最有可能。」

「人們喜歡談論過去，」奧利薇夫人說，「比起眼前的事或去年發生的事，大家似乎更喜歡談過去的事，這可以讓他們回到從前。他們先講一堆你不想聽的，接著又說起他們認識的人所知道另一個他們不認識的人的事。你瞧，所以你聽到的消息實際上是層層轉述的，就像親戚關係一樣，第一個表親關係遠了一層，表親的表親關係又遠了一層，其餘的也是如此。所以，我想我聽到的實在沒什麼幫助。」

「千萬別這麼想。」白羅說，「我確定，你那本可愛的紫色筆記本，對解開那樁悲劇大有幫助。在警方的檔案報告裡，兩人的死因仍是個謎。官方的結論是：他們感情很好，沒有風流韻事的緋聞，也沒有足以迫使他們自我了斷的病症。我現在說的只是當時，你明白嗎？但在這之前還有一段時間，更早以前。」

「我明白你的意思，」奧利薇夫人說，「老保母也提到同樣的話。她現在可能有一百歲了吧，也可能只有八十歲，我小時候就由她帶，她經常告訴我派駐國外工作者的故事，包括印度、埃及、暹羅、香港等等。」

「有什麼值得注意的嗎？」

「有，」奧利薇夫人說，「她提到一場悲劇，但不是很肯定。我不知道那和雷文克有沒有關，也可能是別人的事，因為名字和事情她都記不清楚。那是家族裡有人患精神病的故事，先生或太太的姐姐在精神病院住了幾年，聽說她很久以前殺了……或者只是企圖殺害自己的親生孩子。後來，應該是病癒了或暫時出院，她來到埃及或馬來半島，和家人一起生活，之後好像又發生了其他悲劇，和孩子有關。總之，這件事被遮掩過去了。我想知道，他們家族中是不是有精神病患，不管是夫人的家族還是將軍的家族。我想這個病人不一定得像姐妹血緣這麼近，也許是表親之類的。對我來說，已經有一排值得調查的對象。」

「沒錯。」白羅說，「世上沒有不可能的事，沉寂多年的真相會從過去的某處冒出來，這就是有人告訴我的：舊罪總會帶著長長的陰影。」

「對我來說，」奧利薇夫人說，「事情好像不是這樣，甚至老瑪西保母的回憶也不一定正確，或許根本沒有她說的這個人，但這倒符合文壇餐會上那個女人說的話。」

「你是說當她提起……」

「對，她要我直接問那個女兒，也就是我教女，是她母親殺了她父親，還是她父親殺了她母親。」

「她認為那個女孩知道答案？」

「嗯，她很可能知道，不是說她當時就知道了，一開始她可能被瞞著，但她也許知道某些事，某些能讓她了解到父母的生活，以及誰可能殺害她父母的事情，儘管她從來沒對別人提起。」

「你說那個女人，那個什麼夫人……」

「噢，我也忘了她的名字，好像叫什麼伯頓夫人吧。她說她兒子有了女朋友而且打算結婚，我明白她可能很想知道，女方的父親還是母親家族裡有沒有犯罪紀錄，或是精神病的遺傳。她很可能認為如果是她母親殺了父親的話，讓她兒子娶這個女孩就太不明智了；如果是她父親殺了母親的話，也許就不會太在意。」

「你的意思是，她以為遺傳會跟著母系血緣？」

「嗯，她看起來並不夠聰明，盛氣凌人的，」奧利薇夫人說，「以為自己懂很多，實際上一竅不通。如果你是女人也會這麼想。」

「這看法很有意思，有可能。」白羅嘆道，「我們還有很多事要做。」

「我也聽到另一則間接消息。同一件事，但傳了兩手，有個人說：『雷文克夫婦？是不是那對領養小孩的夫婦？那孩子被收養後，夫婦倆非常疼愛他。他們自己的孩子在馬來半島死掉了。我記得他們收養了那個孩子後，孩子的生母又想把他要回去。雙方鬧上了法庭，法庭把孩子的監護權判給他們，孩子的生母還企圖把他搶回去。』」

白羅說：「你的紀錄裡有些比較簡單的消息，我對它們比較有興趣。」

「哪些？」

「假髮，那四頂假髮。」

奧利薇夫人說：「噢，那可能很吸引你，但我不了解為什麼，它看來沒什麼意義。另一個故事只談到一個精神病人。是有些精神病人為了完全無法理解的原因殺死了自己或別人的孩子，最後被送進瘋人院。但我不懂這種事怎麼會導致將軍和夫人輕生呢？」

「除非他們某個人牽扯進去了。」白羅說。

「你的意思是，將軍可能殺了人……一個孩子，也許是她太太或他自己的私生子？要不就是妻子殺了丈夫或自己的私生子？不會吧，這好像在編鬧劇。」

「人們看起來是怎樣，通常就是那樣。」

「你的意思是……」

「他們看起來是一對恩愛夫婦，快樂地生活在一起沒有爭吵過；他們看起來沒有像癌症、血癌之類急需動手術的病症而到倫敦就醫，沒有難以忍受的未來。然而，不知怎地，我們聽到的多是『有可能』而不是『確實』的事。如果當時還有別人在屋子裡呢？我那個朋友，當年負責調查這件案子的警官，說所有人講的話都大致符合事實，沒有矛盾。所以因為某種原因，這對夫婦不想再活下去了，原因是什麼呢？」

「二次大戰期間，我認識一對夫婦，」奧利薇夫人說，「他們認為德國人就要入侵英國了，他們決定到時候就自殺。我說這種想法很愚蠢，他們說到時候不可能活得下去。我還是覺得這種想法很蠢，你還是需要鼓起勇氣去度過難關，我的意思是，你的死對別人是沒什麼好處的，我很想知道……」

「嗯，你想知道什麼呢？」

「啊，突然想知道，將軍夫婦死了會對什麼人有好處呢？」

「你是說，誰可以繼承他們的財產？」

「沒錯，也許不是那麼明顯的好處，可能某人的生活會因此改善，或者他們有某些事情不想讓兩個孩子聽到看到。」

白羅嘆了口氣。

「你的問題是，你常常以為某件事可能發生了。你告訴我許多想法，好像這些事都可能發生。但為什麼呢？為什麼兩人都非得尋死不可呢？為什麼會這樣？在人們眼中，他們無病無痛、生活幸福。那麼，為什麼在那美麗的傍晚，他們帶著狗去懸崖邊散步……」

「怎麼又和狗有關？」奧利薇夫人問。

「嗯，我也疑惑了一陣子。他們有沒有帶狗出門？或者那隻狗有沒有跟著他們出去？這隻狗和案件有沒有關係？」

「就像那些假髮，」奧利薇夫人說，「這又多一件你不了解也解釋不了的東西。有隻『大象』說那隻狗很喜歡雷文克夫人，另一個又說牠咬傷過夫人。」

「我們總是回歸到同一件事，所以想知道更多。」白羅嘆道，「想知道更多別人的事，但過了這麼多年，怎麼可能對過去的人了解更多呢？」

「你有過一兩次經驗不是嗎？」奧利薇夫人說，「你去探查一個油漆工被槍殺或毒死的案件，那地方在海防區附近，雖然你完全不認識他們，但你還是查出了凶手。」

「沒錯，我一個也不認識，但從其他人口中了解他們很多事。」

「噢，我也是這樣在做。」奧利薇夫人說，「只是我沒辦法接近核心，沒找到真正知道真相、本身也涉入其中的人，你覺得我們是不是該放棄了？」

「我想放棄是比較明智的。」白羅說，「但人有時就是不太明智，想探查更多內情。我現在對這對和善的夫婦很有興趣，我想他們的兩個孩子也很乖吧？」

「兒子我不清楚，沒見過他。」奧利薇夫人說，「你見過我的教女嗎？我可以叫她來見見你。」

「嗯，我是想見她，也許她不想過來這邊，可以約在外面。一定很有意思。我還想見另一個人。」

「誰？」

「餐會上那個女人，那個霸道的女人，你的朋友。」

「她不是我的朋友，」奧利薇夫人說，「她只是過來和我說話而已。」

「你應該繼續和她接觸。」

「那很容易，我想她會欣然接受呢！」

「我想見她，想了解她為什麼要探聽這些事。」

「嗯，想來應該會有些幫助。」奧利薇夫人嘆道，「總之，我很高興不必再尋找大象了。我的保母，就是我剛提到的老保母，她也提到大象，說大象不會忘事。這些愚蠢的格言一直盤旋在我腦裡。啊，該你去尋找其他大象了！」

「那你呢？」

「我可能去找天鵝吧。」

「我的天，怎麼又出現天鵝了！」

「那是保母讓我回想起來的事。小時候我常和兩個小男孩一塊兒玩，他們一個叫我大象小姐，另一個叫我天鵝小姐。當我是天鵝小姐時，就趴在地板上假裝四處游動；當我是大象小姐時，他們就騎在我背上。這個案子裡沒有天鵝。」

「那可是件好事。」白羅說，「有大象就已經夠了。」

# 10／德斯蒙

兩天後的早上，赫丘勒．白羅一邊喝著巧克力飲料，一邊讀著剛寄達的一封信。他讀了兩遍，看起來像是未成年的人寫的，但字跡還算不錯。

親愛的白羅先生：

收到這封信您一定覺得很突兀，也許提起您一位朋友就不顯得那麼貿然。我曾試圖找到她，請她帶我去見您，但顯然她離家遠行了，我是指小說家奧利薇夫人。她祕書說她似乎到非洲東部旅行了，果真如此，想必她短期內不會回來，我真的很想見見您，我非常需要您給我一些建議。

奧利薇夫人認識家母，她們曾在某次的文壇餐會上見過面。如果您能夠約個時間見我，將不勝感激。無論什麼時間，我都可以準時赴約。不知道提這點有沒有用，奧利薇夫人的祕書提過「大象」這個詞，我猜這必然與奧利薇夫人的東非之行有關。祕書說來好像是某種密語，我實在不太明白，但您也許知情。我正處於極度擔憂焦慮的狀態，如果您能見我，將感激不盡！

您真摯的　德斯蒙・伯登卡

「Nom d'un petit bonhomme[16]！」白羅說。

「什麼？」喬治問道。

「只是隨口說說而已。」赫丘勒・白羅說，「有些事一旦闖入你的生活，就很難擺脫它。對我來說，它就是『大象』的問題。」

白羅離開餐桌，叫來忠實的祕書萊蒙小姐，把德斯蒙・伯登卡的來信遞給她，請她與他約定時間。

白羅說：「我目前不忙，明天還滿適合的。」

萊蒙小姐提醒白羅，隔天還有兩個約會，不過時間還十分充裕，她會依照他的意思去安排。

「要談動物園的事嗎？」萊蒙小姐問。

「不是，」白羅說，「信上不要提大象，不必多事，大象體積龐大，占了太大的面積。好了，不要再談這個了，我和德斯蒙・伯登卡的談話中一定會再提到。」

§

「德斯蒙．伯登卡先生到了。」喬治邊通報邊帶客人進房間。

白羅起身站在壁爐旁，沉默了一兩分鐘，對來客有了初步印象，然後走上前去。德斯蒙有點緊張，但精神奕奕，這是很自然的。德斯蒙有點不安但掩飾得很好，他伸出手說：「您是白羅先生？」

「是的。」白羅說，「你就是德斯蒙．伯登卡吧？請坐。告訴我，我能幫你什麼？你來找我是為了什麼事？」

「實在一言難盡。」德斯蒙說。

「許多事情都無法一語道盡，」白羅說，「但我們有的是時間，坐吧。」

德斯蒙疑惑地看著面前這個人，心想他長得真滑稽，蛋形的腦袋、誇張的鬍子，不是儀表堂堂那一型的人，這和他的想像出入很大。

德斯蒙說：「你是偵探，對吧？我是說你專事調查，人們來找你，就是請你幫他們查清事情？」

16　法語，意思是「好孩子氣的名字」。

「是的。」白羅說，「那是我工作的一部分。」

「我想你不知道我來此的目的，也不知道我這個人吧？」

白羅說：「略有所聞。」

「你是說你的朋友奧利薇夫人跟你提過我？」

「她告訴我她與她的一個教女見過面，是西莉亞．雷文克小姐，是吧？」

「是的，西莉亞告訴我了，這位奧利薇夫人也認識家母嗎？我是說，很熟嗎？」

「不，我想她們不太熟。奧利薇夫人說她與令堂是最近才在餐會上認識並交談的，據我了解，你母親向奧利薇夫人提出了某種請求。」

「她無權這麼做。」年輕人說。德斯蒙拉長了臉，看起來十分生氣，好似和母親有深仇大恨一般。「真的，做母親的……我是說……」

「我可以理解，」白羅說，「這些日子你的情緒一定不太好，實際上可能一直都這樣。母親們總是不停做些孩子們不喜歡的事，不是嗎？」

「的確是的，但我母親，我是說……她老是要干涉那些完全與她無關的事。」

「據我所知，你和雷文克小姐是很親密的朋友，奧利薇夫人也從你母親那兒得知你們即將結婚的喜訊，很可能就在近期內？」

「是的，但我母親真的沒必要過問和擔心與她無關的事。」

「但母親都是這樣的，」白羅淡淡一笑。「你應該很依賴你母親吧？」

「我不會這麼說，」德斯蒙說，「不，我絕對沒有……嗯，我最好直截了當說清楚，她不是我的親生母親。」

「真的？我不知道這件事。」

「我是被收養的，」德斯蒙說，「她本來有個兒子，但夭折了，後來她想收養小孩，於是領養了我。她把我當親生兒子看待，像對親兒子一樣說話，也認為我就是她的親生兒，但實際上我不是，我們一點也不像，對事情的看法也不一樣。」

「可以理解。」白羅說。

「我似乎離題了。」

「你希望我設法調查某些事，了解某些疑問？」

「希望可以辦到，但我不清楚你……呃，對整個問題了解多少？」

「我只知道一點，」白羅說，「不清楚細節。你或雷文克小姐的事我知道不多，我還沒見過雷文克小姐，但我想見她。」

「嗯，我曾想帶她一起來與你談談，後來決定還是我先來就好。」

「很明智。」白羅說，「你因為什麼事而煩憂嗎？你在擔心什麼？有什麼困難嗎？」

「不盡然，不，應該不算是困難。只是許多年前，當西莉亞只是個小孩，頂多是學生的時候，發生了一件悲劇，嗯，這種悲劇現在隨時都會發生。你也知道，兩個人被什麼事弄得心煩意亂，便一起了斷生命。這是一樁自殺事件，沒人知道內情，也不知道為了什麼。但事情畢竟發生了，他們的孩子與此無關。我是說，他們知道事實就夠了，而且這件事根本與我母親無關。」

「人年紀大了以後，」白羅說，「便會發現，人們經常對與自己無關的事興趣濃厚，關心程度甚至超過自己的事。」

「但事情都過去了，沒人知道詳情。我母親卻仍一直追問，想知道真相，還去煩西莉亞，害西莉亞都不知道還要不要和我結婚。」

「你自己呢？你還想娶她嗎？」

「是的，當然，我就是要娶她，堅決要娶她。但她很沮喪，她想知道為什麼，為什麼會發生這些事。她還以為……我想她是錯的，她以為我母親知道什麼，以為她聽過一些傳言。」

「噢，我深表同情。」白羅說，「但我覺得如果你夠明理、真心想結婚，沒有什麼理由可以阻止。我已經調查過這起悲劇，獲知一些訊息。正如你所說的，那是多年前的事了，沒有完整的解釋，一直都沒有。人一輩子也不可能了解所有發生過的悲劇。」

「這是一樁自殺案件，」德斯蒙說，「不可能是別的了，但是，嗯……」

「你想知道自殺的原因是嗎？」

「嗯，是的，西莉亞一直深懷疑慮，我也幾乎跟著擔憂了。我母親也很擔心，儘管這絕對不關她的事。我想任何人都沒有錯，我的意思是，沒發生過爭吵。問題是，我們都不知道內情。嗯，我是說，我不可能知道，因為我當時不在場。」

「你以前就認識雷文克夫婦或西莉亞？」

「我可以說從小就認識西莉亞了，在我們還很小的時候，我去度假時就住她家隔壁。我們彼此都很喜歡對方，同進同出，諸如此類。然後呢，日子就這麼過去了，我有很多年沒再見過西莉亞。你知道，她父母都在馬來半島，我父母也是。我想他們是在馬來半島再度相遇的，我是指我父親和母親。順道一提，我父親已經過世了。我想我母親在馬來半島時聽了什麼傳言，到現在還記得，一直耿耿於懷，而且她好像相信那些胡說八道，我覺得那些都是造謠，她卻用這些流言來煩西莉亞。我想知道到底發生了什麼，西莉亞也想知道。到底是怎麼回事？為什麼？怎麼發生的？我們不想光聽一堆謠傳。」

「嗯，你們有這種感覺是很自然的。」白羅說，「我想，西莉亞比你更關心，她受到的干擾比你更甚。不過話說回來，這些真的那麼重要嗎？重要的應該是現在，你想娶這個女孩、她也想嫁給你，過去的事和你們有什麼關係呢？她父母是自殺身亡、空難過世，或者一個先意外身亡、另一個跟著自戕，這又有什麼關係呢？他們生活中是否有外遇事件導致發生不幸，這重要嗎？」

「沒錯，」德斯蒙說，「你說得很有道理、很正確，但是，嗯，事情發展至此，我必須確定她滿意了才行。她是嘴巴不提、但心裡很在意的那種人。」

「你難道沒想過，」白羅說，「雖然不是不可能，但要找出真相很困難？」

「你的意思是，找出他們誰殺了誰的原因，或誰先殺害對方再自盡？我想不會很難，除非有什麼祕密。」

「嗯，但事情都已經過去了，現在又有什麼關係呢？」

「本來是沒有關係，要不是我母親插手干預，應該不會有什麼關係，我也不覺得西莉亞會介意這件事。我想當時西莉亞遠在瑞士念書，沒人告訴過她詳情。當你還只是十幾歲甚至更小的孩子時，你只能接受既成的事實，否則又能如何呢。」

「你有沒有想過，也許你的期望是不可能的？」

「我想請你查出來。」德斯蒙說，「也許你查不出來，或者不願意去查……」

「我不會拒絕這件事。」白羅說，「事實上，每個人都有好奇心。悲劇！以悲傷、訝異、震驚、病症等形式出現的這些事，都是人類的悲劇，人一旦被它們吸引了，自然就會希望弄清楚。但我要說的是，你有必要去翻舊案嗎？這樣明智嗎？」

「可能不明智，」德斯蒙說，「但是……」

「還有，」白羅打斷了他。「你同不同意，這麼久之後再重新追查這場悲劇，幾乎不可能成功？」

「不，」德斯蒙說，「這點我不同意，我認為是有可能。」

「有意思。」白羅說，「為什麼你認為有可能？」

「因為……」

「因為什麼？你有答案？」

「我想一定有人知道。我想只要他們願意，一定可以告訴你一些事。他們可能不願意告訴我、不願意告訴西莉亞，但你可以問出來。」

「有意思。」白羅說。

「發生的事情很多，」德斯蒙說，「我隱約聽過一些，和精神問題有關。有個人，我不太清楚是誰，可能是雷文克夫人吧，聽說她在精神病院待過好幾年，很長一段時間。她年輕時發生過一起悲劇，有個孩子死了或是出意外。呃，傳言說是她造成的。」

「我想這不是你本來就知道的吧？」

「嗯，是我母親說的，她也是聽說的。我想是在馬來半島時聽來的。你也知道這些在政府機構的人就喜歡聚在一塊兒，那些太太夫人最愛湊在一塊說三道四，傳播一些根本不可信的事。」

「所以，你想弄清楚這個傳聞是真的還是編造的？」

「嗯，我不知道怎麼查證，現在沒辦法，因為事情太久了，我不知道該問誰、找誰。不過除非我真查出什麼、為什麼……」

「你的意思是……」白羅說，「我想這個推測是正確的……你認為，除非西莉亞．雷文克確定沒有從母親那裡遺傳了精神疾病，否則她便不願嫁給你，是嗎？」

「我猜她是這麼想，這可能是我母親暗示她的，我母親應該也這麼相信。我實在不懂她為何要相信這種無禮的中傷和謠言。」

「這可不是件容易調查的事。」白羅說。

「是的，但我聽很多人提起你，他們說你精於查探案情，善於向人們問問題，讓他們告訴你實情。」

「你說我該問誰呢？你提到馬來半島時，我想你說的不是當地人吧？你講的是被稱作『夫人時代』、英國在馬來半島還有政府人員派駐的時候。你提的是英國人，以及在英國機構裡流傳的謠言。」

「我不是說那樣一定有用，我想不論是誰在造謠、誰在說三道四，這麼久了，他可能也忘了，甚至可能過世了。我母親只是聽了一些謠傳，然後又編造出更多子虛烏有的事。」

「但你還是認為我可以……」

「嗯，我並不是請你到馬來半島查探案情，那些人現在沒有一個留在那裡。」

「你可以告訴我一些查探的對象嗎？」

「可能沒辦法很多。」

「總有幾個吧？」

「好吧，我認為有兩個人可能知道詳情，以及為什麼。因為……呃，她們當時也許在那兒。從她們的角度，她們應該知道。」

「你怎麼不親自去找她們呢？」

「噢，我是可以，我也試過，但我想，她們不會……唉，不知道，想問的問題我說不出口，我想西莉亞也是。她們人都非常好，這也是她們可能知情的原因，不是因為她們卑鄙或愛說閒話，而是她們可能幫過西莉亞的父母。她們可能努力過要把事情處理得更好，只是沒有成功。噢，我說得沒頭沒腦。」

「不，」白羅說，「你說得很好，我很感興趣，我想你心中自有尺度。告訴我，西莉亞同意你這樣做嗎？」

「我沒跟她說太多，因為她很喜歡梅迪和齊莉。」

「梅迪和齊莉？」

「那是她們的名字。嗯，我得解釋一下，剛剛沒說清楚。西莉亞很小的時候，也就是我第一次遇見她、住在她家隔壁的時候，她有一個法國……嗯，我想現在叫寄宿家教，那時是叫家庭教師，是一位法國小姐。她人非常好，會和我們這些小孩一起玩。為了唸起來順口，西莉亞叫她梅迪[17]，後來全家也都跟著叫她梅迪。」

「噢，是個法國小姐。」

「是的，她是法國人，所以可能會願意告訴你她不想告訴別人的事。」

「嗯，另一位呢？」

17 法文「小姐」一詞的不標準發音。

「齊莉和梅迪一樣是家庭教師，也是法國小姐。我想梅迪在西莉亞家教了兩三年後，就回法國或瑞士了，所以齊莉才接替她擔任家庭教師。齊莉比梅迪年輕，我們就不叫她梅迪，西莉亞叫她齊莉。她年輕、漂亮又很風趣，也會和我們一起玩遊戲，我們都非常喜歡她，全家人都很喜歡她。雷文克將軍很疼愛齊莉，他們經常一起玩牌，那些雙人橋牌什麼的。」

「那麼雷文克夫人呢？」

「噢，夫人很疼齊莉，齊莉也很喜歡夫人，所以她才會在離開後又回來。」

「回來？」

「嗯，雷文克夫人生病住院時，齊莉回來作伴、照顧夫人。我不太清楚，但我相信是這樣。我甚至覺得，悲劇發生時她應該在那邊，所以她可能知道事實真相。」

「你有她的地址嗎？你知道她現在在哪裡？」

「嗯，我知道，我有她的地址，她們兩個的地址都有。我想你可以去見她，或者兩個都找。我知道有許多事情要問……」德斯蒙突然停住了。

白羅盯著他看了一會兒，說：「嗯，當然有，有很多呢。」

第二部

# 長長的陰影

*Elephants Can Remember*

# 11 葛洛威主任與白羅交換意見

葛洛威主任隔桌望著白羅，兩眼炯炯有神。喬治在一旁端上威士忌和蘇打水，葛洛威接過盛滿深紫色液體的酒杯，轉身向白羅興致勃勃地說：「你喝什麼？」

「黑醋栗果汁。」白羅說。

「好吧，各取所需。史彭斯說你從前喝一種藥茶，是嗎？那是什麼飲料？是從法文的鋼琴或其他文字轉換過來的嗎？」

「不是，它可以退熱。」白羅回答。

「是毒品？好，為自殺乾杯！」葛洛威說。

「是自殺嗎？」白羅問。

「那還會是什麼？」葛洛威主任笑著搖頭，笑容益形明顯。

「很抱歉，一再打擾你。」白羅說，「我就像吉卜林小說中的動物或孩子，被貪得無厭的好奇心驅使著。」

「永不厭足的好奇心，」葛洛威主任說，「吉卜林的故事寫得好，人也博學強記。有人說他在驅逐艦上繞一圈後，對艦艇的了解就比皇家海軍的高級工程師還多。」

「唉，像我就什麼都不懂，」白羅說，「所以啊，我必須一直發問，抱歉我問了你一堆問題。」

「讓我好奇的是，你總是從一件事跳到另一件事。你想知道心理醫生和醫院的病歷報告、遺產有多少、錢是誰的、誰可以拿到錢、誰需要錢又得不到錢，尤其是女人的髮型、假髮公司的名字，還有裝假髮的玫瑰色紙盒等等。」

「而你竟然完全瞭如指掌，」白羅說，「令人敬佩，真的！」

「這是個疑案，所以當初有詳盡的紀錄。雖然結案了，我們還是保存完整的檔案，以備不時之需。」

他遞了一張紙到桌子另一頭。

「這就是那家美容院，在龐德街，收費昂貴，店名叫『尤金與蘿森特』，後來搬到史隆街，地址在這邊，但現在那裡是寵物店。兩個助理幾年前退休了，當時都是他們幫客人做頭髮，雷文克夫人就是常客。蘿森特現在住雀爾特南，還是在做同樣的工作，不過她現在不叫美髮師，叫『髮型設計師』，這是現代用語，就像我們小時候說的，帽子不同，人相同。」

「啊！」白羅說。

「怎麼啦？」葛洛威問道。

「真是太感激你了，」白羅說，「你提醒了我一件事。靈感出現的方式可真是千奇百怪啊。」

「問題是，你的靈感太多，」主任說，「不需要更多了。我翻遍了他們的家庭紀錄，也沒查出蛛絲馬跡。阿利斯泰・雷文克是蘇格蘭人，父親是牧師，兩個叔叔是軍人，都功勳顯赫。他娶了出身良好的瑪格麗特・培思東奎為妻，婚禮在教堂舉行，婚姻幸福，沒有緋聞。你說得對，瑪格麗特有個雙胞胎姐姐，不知你從哪裡打聽到的。桃樂絲和瑪格麗特，大家都叫她們桃莉和莫莉。培思東奎一家住在塞薩克的哈特格林。和其他雙胞胎一樣，兩人如同翻版，同一天掉牙、同一個月得猩紅熱、穿相同衣服、愛上同一類男人、幾乎同時結婚，丈夫都是軍人。她們的家庭醫生幾年前死了，打聽不到什麼，但早年雙胞胎之一發生過悲劇。」

「是雷文克夫人嗎？」

「不，是另一個。她嫁給賈洛上尉，生了兩個孩子。小的是男孩，四歲時被手推車或小孩的園藝玩具，也可能是鐵鍬或小孩用的鋤頭打到頭，掉進池塘溺水死亡。顯然是九歲的姐姐動手的，小孩一起玩，吵了架，沒什麼疑問。但另有傳言說，是孩子的母親推的，因為她一時生氣打了他；還有人說是鄰居太太打的。我想你可能沒興趣，這件事和多年後妹妹與妹夫自我了斷沒有關聯。」

「嗯，」白羅說，「看來無關，但總得了解一些背景。」

「是啊，」葛洛威主任說，「我說過要從過去追查起，但也不必追憶這麼久遠的往事，這是本案之前許多年的事了。」

「有後續的紀錄嗎？」白羅問。

「有。我查看過檔案、此案的剪報紀錄。傳聞很多，其中有些疑點。孩子的母親大受打擊，完全崩潰了，被送進醫院，有人還說後來她完全變了個人。」

「但他們認為是她動手的？」

「嗯，醫生是這樣認為，但沒有直接證據。她自稱從窗戶看到小孩出事了，大女兒打了弟弟還推了他一把。我認為沒人相信她的話，她的說法很混亂。」

「有心理治療的病歷嗎？」

「有，她進了療養院或精神病院，無疑是精神問題。她在一兩家醫院待了很久，倫敦聖安德魯醫院的一位專家治療過她。大約三年後，醫生診斷她痊癒了，就讓她出院回家過正常家庭生活。」

「後來就正常了嗎？」

「聽說一直都很神經質。」

「自殺事件發生時，她在哪裡？住在雷文克家嗎？」

「她在命案前三個星期就死了，當時她也住在懸崖山莊，這好像再次證明雙胞胎的命運相同。她一直有夢遊的毛病，曾因此發生過一兩次意外。有時吃了過量的鎮靜劑，晚上就會在屋裡甚至外頭夢遊。那天夜裡她沿著崖邊的小路走，一失足掉到懸崖下當場死亡，家人第二天才發現。雷文克夫人和她感情深厚，還因為悲傷過度住進醫院。」

「這場悲劇可能導致幾個星期後雷文克夫婦雙雙輕生嗎？」

「看不出來。」

「你剛才也說過，雙胞胎常發生奇怪的事，雷文克夫人可能為了雙胞胎姐姐而自盡，而她丈夫或許為某件事深感內疚也自殺了。」

葛洛威說：「白羅，你想太多了。阿利斯泰・雷文克如果和妻子的姐姐私通，一定滿城皆知。如果你是這麼猜的話，我可以告訴你，絕對沒有這回事。」

電話響了，白羅起身去接，是奧利薇夫人打來的。

「白羅先生，明天可以過來坐坐嗎？我請了西莉亞，那個霸道的女人晚一點也會到。你想見她們不是嗎？」

白羅說這正如他所願。

「我又要出發了，」奧利薇夫人說，「去找一個瓦爾・霍斯[18]，這是一號大象茱莉亞・卡絲泰提供的，希望她沒記錯名字，她常搞錯。不過重要的是地址不能錯。」

18 瓦爾・霍斯（War Horse），英文原意為「戰馬」。

# 12 西莉亞會見赫丘勒・白羅

「嗯，夫人，」白羅說，「你在雨果・福斯特爵士那邊的進展如何？」

「首先，他並不叫福斯特，是福特吉爾，茱莉亞老是弄錯人名。」

「大象不擅長記住人名嗎？」

「別提了，我不再找大象了。」

「那你的戰馬呢？」

「從那個老傢伙那裡打聽不出什麼來，他只記得一個叫巴尼的，小孩在馬來半島意外喪生，此事與雷文克夫婦無關，我說我再也不找大象了。」

「你很有毅力，真了不起。」

「西莉亞再半小時就到了，你想見她不是嗎？我告訴她，你在協助我調查這件事。還是你希望她去找你？」

「不用，」白羅說，「照你的安排即可。」

「我想應該不用和她談太久，如果能在一小時內結束最好，這樣伯登卡夫人到來之前，我們還可以理一理頭緒。」

「有意思，這真有意思。」

奧利薇夫人嘆道：「老天，真可怕，我們的資料實在太多了。」

「是啊，」白羅說，「我們也不知道要找什麼。在所有資料中，能確定的也只有一對生活和諧美滿的夫妻一起結束生命。我們上窮碧落下黃泉到處尋找答案，但找到他們尋短的原因了嗎？」

「沒錯，」奧利薇夫人說，「東西南北都找過了，只差還沒去北極。」

「也還沒去南極。」白羅說。

「這是什麼？怎麼弄來的？」

「無所不包的細節，」白羅說，「我列了一張清單，你想看嗎？」

奧利薇夫人走過來坐在白羅身旁。

「假髮，」她指著第一項說，「為什麼把假髮列在首位？」

「四頂假髮，」白羅說，「聽起來很有意思，有趣而且令人費解。」

「我相信她買假髮的那家商店已經不在了，現代人不會到這種地方買假髮，而且也不戴那麼多假髮。以前的人出國旅行時都會戴假髮，免得做頭髮。」

「沒錯，沒錯。」白羅說，「我們要盡量從假髮著手，總之我對這一點很有興趣。此外還有別的，這家有個精神病人，雙胞胎姐姐曾在精神病院住過多年。」

「這不代表什麼。」奧利薇夫人說，「你可以假設是她開槍殺人的，但原因呢？」

「不。」白羅說，「據我所知，手槍上只有雷文克和他妻子的指紋。不過有個傳言說，在馬來半島有個小孩遇害，凶手可能是雷文克夫人的雙胞胎姐姐，也可能是其他人，例如保母或傭人。其次，我們應該多了解他們的財務狀況。」

「財務狀況和這件案子有什麼關係？」奧利薇夫人吃驚地問。

「不一定有關，」白羅說，「所以這才有趣。命案通常與錢財有關，有人可能因此案獲利，也有人可能因此賠上錢財。錢會帶來困難、麻煩、貪婪和欲望，這很難判斷。本案看來並沒有財產的問題，倒是有一堆風流韻事的傳言，丈夫被別的女人吸引、妻子被其他男人吸引。任何一方不忠都可能導致自殺或他殺，這是常見的事。現在到了最有趣的關頭了，我真想見見伯登卡夫人。」

「噢，那個可怕女人，實在看不出她有什麼重要的，不過是個好管閒事的人，還叫我幫她找出真相！」

「沒錯，但為什麼她就要你查明真相呢？這點非常奇怪，看來我們得弄個水落石出。她是個環節。」

「環節？」

「是的。這個環節是什麼、在哪裡以及如何找出來，現在都還不清楚，我們只知道她拚命打聽這個案子。這個環節緊扣著你的教女西莉亞．雷文克，和那個不是她兒子的兒子。」

「什麼意思？什麼不是她兒子的兒子？」

「他是領養的，」白羅說，「她親生兒子死後領養的。」

「她兒子是怎麼死的？為什麼？什麼時候的事？」

「我也自問過這些問題，她可能是個環節，為了挾怨報復，或只是為了情感因素。無論如何我都得見她，我得多了解她，這很重要。」

門鈴響了，奧利薇夫人前去開門。

「可能是西莉亞。沒問題吧？」

「我沒問題，」白羅說，「但願她也不介意。」

幾分鐘後，奧利薇夫人回來了，西莉亞面露疑惑地跟在後面。

「不知我……」她停下來，盯著赫丘勒．白羅。

「我來介紹一下，」奧利薇夫人說，「這位是赫丘勒．白羅先生，他幫了我很多忙，希望對你也能有所助益，幫你找出你想知道的答案，他在偵查方面有特殊的天賦。」

「哦。」西莉亞說。

她滿懷疑慮地打量著這個大鬍子、蛋形頭的小個子。

「我聽過他的名字。」她遲疑地說。

「幾乎每個人都聽過我的名字。」赫丘勒．白羅有力但盡量緩和地說，但現在認識他的人不像從前那麼多了，因為許多聽過或認識赫丘勒．白羅的人，都已長眠於墓碑之下。

「請坐，小姐。我來自我介紹，我只要著手調查就一定追查到水落石出；我可以查明事情的真相，你想知道的確實真相，我可以告訴你所有消息。但也許你只想讓自己安心，這與真相可是兩碼事。我可以找出各種解釋來讓你安心，但如果是這樣，就沒必要追根究柢。」

西莉亞在白羅拖過來的椅子上坐下，認真地注視著他，然後開口說：「你認為我不想知道真相嗎？」

「真相也許會令人震驚或悲傷。事後你也許會說，當初我為什麼不放手讓它去？為什麼要窮追不捨？了解真相卻又無力回天太令人痛苦。我摯愛的父母雙雙自盡了，但這無損於我對他們的愛。」

「最近偶爾也有這種說法出現，」奧利薇夫人說，「算是新觀念。」

「我一直是這樣走過來的，」西莉亞說，「一開始也會懷疑，在意各種奇怪的傳言。大家都用憐憫的眼光看我，但不只如此，他們滿懷好奇，於是開始打探，打探你認識的朋友或家族的舊識。我不想過這種生活，我想要……其實我並不是真的想知道，只是我還是必須知道。我可以面對真相，請告訴我吧！」

這個話題沒有繼續下去，西莉亞轉而問白羅一些問題，那是她一開始就想提的。

「你見過德斯蒙了，是不是？他找過你，這是他告訴我的。」

「對，我們見過。你不希望他找我嗎？」

「他沒問過我。」

「要是他問你呢？」

「我不知道。我不知道該阻止他，叫他別插手這件事，還是鼓勵他去找你。」

「我想問一個問題，小姐。你是不是很在意某件事，這件事比其他事都重要？」

「你是什麼意思？」

「正如你說的，德斯蒙·伯登卡來找過我，他是個迷人可愛的年輕人，非常關心這個問題。現在，最重要的問題來了：你們真的打算結婚嗎？這可是嚴肅的事。儘管現在很多年輕人把它當作兒戲，但婚姻使兩人的生活聯繫在一起。你真心要嫁他嗎？這很重要，你父母的死亡是自盡或是別的因素，對你或德斯蒙來說有什麼影響？」

「你認為不是自殺？」

「還沒調查出結果。」白羅說，「但我有把握可能是如此，有很多事證顯示本案不是自殺。不過照警方的說法，西莉亞小姐，警察很可靠，他們蒐集了所有證物後，非常明確地推斷，沒有他殺嫌疑，這是相約自殺。」

「但警方也找不到原因，你是這個意思嗎？」

「是的，我正是此意。」白羅說。

「在你著手調查和分析後，還可能一無所知嗎？」

「我還不能肯定，」白羅說，「也許答案令人難以承受，所以我要確定你是不是可以明智地說：『過去的事情已經過去了，我愛這個人、他也愛我，我們要追求的是未來，而不是過去。』」

「他告訴你他是養子了嗎？」西莉亞問。

「他說了。」

「你看，這件事根本與她毫不相干。她為什麼要打擾奧利薇夫人？還叫奧利薇夫人向我打聽，她又不是他的親生母親。」

「他在乎她嗎？」

「不，」西莉亞說，「可以說是討厭她，我覺得他一直都這樣。」

「她花錢讓他繳學費買衣服等等，你認為她關心他嗎？」

「我不知道，我不覺得，她只是需要一個人來代替她自己的孩子。她親生兒子意外身亡，所以她才要收養小孩。她丈夫不久前也死了，真是禍不單行。」

「我知道，我知道，我想打聽一件事。」

「是關於她，還是他？」

「他有經濟基礎嗎？」

「我不懂你的問題，他有能力養活我，養活妻子。他被收養時繼承了一筆錢，儘管不多，但也夠用了。」

「她可以控制那筆財產嗎？」

「什麼？你是說假如他娶我，她會斷了他的經濟來源嗎？我想她從未這樣威脅過他，也做不到。一切都由律師安排妥當，聽說辦理領養的機構處理得巨細靡遺。」

「我想問你一件別人不知道的事，也許伯登卡夫人知道。他的親生母親是誰？」

「你覺得這可能是她為什麼這麼多事的原因嗎？和他的真實身分有關？我不知道。我猜他是個私生子，人們常收養私生子不是嗎？她也許知道他親生父母的事，但沒告訴他。我想她只會告訴他一些蠢話，比如被領養是件好事，證明人們多麼需要你，諸如此類的廢話。」

「有些領養機構會建議父母告訴孩子們實情。他有其他親戚嗎？」

「不知道，我想他也不知道，他不關心這個，他不是會關心這種事的人。」

「伯登卡夫人是你父母的朋友嗎？是父親或母親的朋友？你小時候見過她嗎？」

「沒有。德斯蒙的母親……我是說伯登卡夫人，去了馬來半島，我猜她丈夫是在馬來半島過世的。德斯蒙當時在英格蘭上學，到了假期就到親戚或收容小孩的家庭去住，我們就是那時候成了好朋友。我一直都記得他，我容易崇拜英雄。他很會爬樹，還教我知道鳥窩和鳥蛋之類的事。後來我們在大學再次相遇，自然談起了以前住過的地方，後來他問我的名字，說：『我只知道你的教名。』之後我們憶起許多往事，也慢慢熱絡起來。我對他家的事一點也不了解，但我確實很好奇。假如你對左右你生命的事物一無所知，你怎麼安排生活，又如何知道要做什麼呢？」

「所以，你希望我繼續調查這個案子嗎？」

「對，假如能有結果的話。可是我不抱什麼希望，我和德斯蒙多方嘗試過，但一無所獲，最後的結論都是這件事已成過往。當事人已死，兩個人都死了，雖然是兩個人一起結束生命，但人們提及時，總當成是一個人的事。莎士比亞或其他經典裡曾說：『活時相悅相愛，死時也不分離。』[19]請繼續調查吧，把結果直接告訴奧利薇夫人或我，我寧可你直接告訴我。」她又轉向奧利薇夫人說：「我無意冒犯你，教母，你一直對我很好，但是我想直接從馬嘴裡得到消息[20]……但願這話不會冒犯白羅先生，我不是故意的。」

「不。」白羅說，「我心甘情願做馬嘴。」

「你可以做得到嗎？」

「我一直堅信我可以。」

「調查結果一定是正確的嗎？」

「通常是正確的，」白羅說，「我只能這麼說。」

19 出自《聖經·撒母耳記下》一章二十三節。

20 源自俚語「想知道馬的年齡，最可靠的方法就是看馬的牙齒」，馬嘴比喻可靠的消息來源。

# 13 伯登卡夫人

送走西莉亞後，奧利薇夫人問：「你覺得她怎麼樣？」

白羅說：「很有個性，有意思的女孩，真不簡單。」

「的確如此。」奧利薇夫人說。

「我要問你一些事。」

「關於她嗎？我並不了解她，我們和教子教女都不熟。我是說，我們很少接觸，幾年也難得見一次面。」

「不是她，是她母親。」

「噢。」

「你認識她母親嗎？」

「認識，我們一起在巴黎的寄宿學校就讀，那時的人習慣把女孩子送到巴黎去。」奧利薇夫人說，「與其說是送她們進入社會，不如說是把她們送進墳墓哩！你想打聽什麼？」

「你還記得她嗎？記得她的長相？」

「記得。就像你說的，不會因為人不在了就完全忘記過去的事。」

「你對她印象如何？」

「她很美，」奧利薇夫人說，「我記得很清楚，不過她十三、四歲時還不是，那時她胖嘟嘟的，我們小時候都很胖。」她若有所思地補充道。

「她很有個性嗎？」

「不記得了，因為她並不是我唯一或最好的朋友。我們有幾個朋友很合得來，有一個小圈子，總在一起打網球、聽歌劇，都覺得參觀美術館很無聊。所以我只能大約描述，她的名字叫莫莉・培思東奎。」

「你們有男朋友嗎？」

「都迷戀過幾個異性吧，當然不是流行歌手，那時的人通常迷戀演員。我們當中有個女孩，把一位知名雜耍演員的照片釘在床頭，但法國的女老師吉紅小姐不准。她說：『Ce n'est pas convenable[21]。』這個女孩沒有告訴她，那是她父親！我們捧腹大笑，笑了好久。」

21 法語，意思是「這很不得體」。

「再多說一些莫莉的事，西莉亞像她嗎？」

「不，不像，她們不太一樣。我覺得莫莉比這個女孩重感情。」

「聽說她還有個雙胞胎姐姐，也在同一所寄宿學校嗎？」

「沒有。她們的年紀一樣，本來可以一起上學的，結果沒有。桃莉好像留在英國，我只見過她一兩次。她長得和莫莉一模一樣，她們那時還沒像一般雙胞胎長大後會刻意打扮得不一樣、留不同的髮型等等。我覺得莫莉很愛這個姐姐，但她很少提起。現在想起來，姐姐桃莉那時好像就有點問題。記得有一兩次聽說她病了，被送進醫院，當時還以為她肢體殘疾。有一次她阿姨帶她出國旅行，讓她恢復健康。」奧利薇夫人搖搖頭說，「我記不太清楚了，只覺得莫莉很愛她，一直想保護她。你會不會覺得這些很乏味？」

「一點也不。」白羅說。

「有時她不想提桃莉，就談起她父母。她也很愛她父母，就像一般人。記得有一次她母親到巴黎來看她，人很好，長相普通，文靜和善。」

「你們沒有男朋友嗎？還有沒有可以提供的訊息？」

「我們那時候不會交很多男朋友，」奧利薇夫人說，「不像現在的年輕人。後來我們各自回家後就各奔東西了。莫莉和她父母到外國，好像不是印度，是別的地方，可能是埃及。她父親好像在外交機構工作，有一段時間他們住瑞典，後來又去了百慕達或西印度群島。她父親好像是個總督，但這種事情不可能記得清楚。莫莉對我們的音樂老師很有好感，但我想當時的男女交往，自然不像現在交男朋友這麼麻煩。我們崇拜老師，期待他們來上課的日子，雖然他們完全無動於衷，但我們還是滿懷憧憬。記得有一次我還幻想我的阿道夫先生得了霍亂，我親自照料他、還輸血給他挽救他的生命。那時可真愚蠢，還有一段日子我決定要當修女，後來又想到醫院當護士。好啦，伯登卡夫人快到了，不知道她看到你會有何反應。」

白羅看一看手錶。

「等會兒就知道了。」

「我們還需要先討論什麼嗎？」

「有些事要核對。還有一兩件事需要調查，要問你的大象，我也得找大象做些研究。」

「說得這麼了不起，」奧利薇夫人說，「告訴過你，我和大象已經結束關係了。」

「可是大象和你還沒完呢！」

門鈴又響了，白羅和奧利薇夫人互望著。

「好啦，她來啦。」

奧利薇夫人前去開門，白羅聽到互相問候的聲音，片刻後奧利薇夫人帶著高大的伯登卡夫人走進來。

「這屋子真棒。」伯登卡夫人說，「多謝你抽空見我，占用你的寶貴時間了。」

她從眼角瞄見白羅先生，臉上露出幾分驚訝，隨後她瞟了一眼窗前的直立式鋼琴，奧利薇夫人猜想她把赫丘勒·白羅當成調音師了，忙說：「讓我來介紹一下，這位是赫丘勒·白羅先生。」

白羅起身和她握了握手。

「白羅先生是唯一能幫你的人，我是指有關你要我問我教女西莉亞的事。」

「多謝你還記得此事，真希望你能讓我多了解內情。」

「可惜我不行，」奧利薇夫人說，「所以我請白羅先生來幫忙，他是個很好的偵探，這一行的頂尖人物，數不清的朋友都仰賴過他，他解開的謎團也不計其數。這件案子真是個悲劇。」

「哦，確實。」

伯登卡夫人仍帶著疑慮，奧利薇夫人請她入座。

「你想喝點什麼？雪利酒怎麼樣？現在喝茶好像太晚了，或者你要雞尾酒？」

「噢，雪利酒好了。謝謝。」

「白羅先生呢？」

「我也一樣。」白羅說。

奧利薇夫人鬆了口氣，幸好白羅沒要什麼黑醋栗果汁或者他喜歡的其他果汁。她取來杯子和飲料。

「我已經把你的問題大致告訴白羅先生了。」

「噢。」伯登卡夫人回答。

她似乎顯得相當遲疑，對自己不太有自信，完全不像她平常的樣子。

「現在的年輕人很麻煩，」她對白羅說，「這些年輕人，就說我兒子，我們對他寄予厚望。後來出現這個女孩，很迷人的女孩，奧利薇夫人應該告訴過你她是她的教女，但誰知道呢，我是說這段感情迅速成長，但很快就會停下來。他們是青梅竹馬，很久以前就認識，我們需要知道她的身世，至少要了解她家人是些什麼樣的人。當然我知道西莉亞出身良好，但畢竟發生過這場悲劇，父母相互了結生命。沒有人可以告訴我事情的起因，我的朋友裡沒人認識雷文克，所以我不得而知。我知道西莉亞是個可愛的女孩，但我還是想進一步了解。」

「聽奧利薇夫人提到，你特別關心某件事，實際上你想知道的是……」

「你說你想知道，」奧利薇夫人插嘴道，「是西莉亞的父親殺害她母親然後自殺，還是她母親槍殺了她父親再飲彈自盡。」

「我認為這是不一樣的，」伯登卡夫人說，「沒錯，它絕對是不同的。」

「這種觀點很有意思。」白羅說，但語氣中並不表贊同。

「情感的因素，可以這麼說吧，是感情糾葛導致的結果。我們必須承認，在婚姻這個問題上，應該考慮到孩子，我是指未來的孩子。遺傳，人們漸漸了解遺傳比環境更重要，遺傳會影響性格，會讓人遭逢不必要的危險。」

「沒錯，」白羅說，「不過做決定的人通常要承擔風險，這是你兒子和那個年輕女孩的選擇。」

「噢，我知道，我知道，父母沒有選擇的餘地，甚至不能多說一句，但我還是想了解內情。假如你可以幫我……我想你是用『調查』這個字眼，也許……也許我是個愚蠢的母親，過度擔心我親愛的兒子，但當母親的都是這樣。」

她不安地笑了笑，把頭歪向一邊。

「也許，」她說著順手拿起雪利酒。「也許你願意考慮這件事，我也會告訴你一些具體的細節。」她看了一眼手錶。「天哪，我還有個約會，我得走了。親愛的奧利薇夫人，很抱歉我這麼快就要告退，請多包涵。今天下午等計程車就花了很長時間，司機們個個別過頭從我身邊開過去，真難等。奧利薇夫人一定有你的地址吧？」

「我給你我的地址。」

白羅說著，從衣袋裡掏出名片遞了過去。

「是，是，赫丘勒・白羅先生，你是法國人嗎？」

「我是比利時人。」白羅說。

「噢，好，比利時人。是，是，我知道。很高興見到你，我充滿了希望。噢，我得趕快走了。」

她熱情地與奧利薇夫人握手，又與白羅握手，隨後離開房間，大廳傳來門關上的聲音。

「嗯，你看怎麼樣？」奧利薇夫人說。

「你說呢？」白羅反問道。

「她落荒而逃。」奧利薇夫人說，「匆忙逃走了，你把她嚇跑了。」

「對，」白羅說，「你判斷得對。」

「她想叫我從西莉亞那裡打聽事情，套出供詞，探聽她懷疑的祕密，但又不願正面進行調查，對吧？」

「沒錯，很有意思，真有趣。」白羅說，「你認為她富有嗎？」

「應該很有錢，她的衣著都很昂貴，打扮都很花錢，不過很難說。她的個性咄咄逼人，參加很多委員會，但她本人沒什麼疑點。我問過一些人，大家都不喜歡她。然而她是個公眾型人物，熱中政治，喜歡拋頭露面。」

「那麼今天她是怎麼啦？」白羅問。

「你覺得她有什麼不對勁嗎？或者你只是不喜歡她，像我一樣？」

「我覺得她隱瞞了什麼。」白羅說。

「哦，而你要去把答案找出來？」

「當然，如果找得到的話。」白羅說，「也許不是那麼容易，她縮回去了，把我們丟在這邊縮回去了。她怕我問她什麼問題，對，這很有意思。」他嘆了口氣說：「我們得從過去找起，從更遠的過去。」

「怎麼，又要從過去找起？」

「是啊，從過去的某個地方，要挖掘的還不只一件。在回頭尋找真相之前，還得先了解一件事。從什麼時候查起呢？十五年前、二十年前，從一棟名叫『懸崖山莊』的房子查起，我們得追根究柢。」

「唉，只好如此了。」奧利薇夫人問，「從哪裡著手呢？你的單子上寫些什麼？」

「在警方記錄的遺物清單中有不少線索，你還記得遺物中包括了四頂假髮吧。」

「對，你還說四頂太多了。」

「是太多了。」白羅說，「我還取得了幾個有用的地址。這個醫生的地址也許用得上。」

「醫生？你是說家庭醫生嗎？」

「不，不是家庭醫生，是為那個溺水的男孩開立死亡證明的醫生。那個男孩不是被姐姐就是被其他人推進水裡的。」

「你是指孩子的母親嗎？」

「也許是孩子的母親，也可能是當時家裡的其他人。透過葛洛威主任、他認識的消息來源，以及關心此案的報界朋友，我已經打聽到出事的地點。」

「你打算去找醫生？他一定很老了。」

「不，是去找他兒子。他也是精神科專家，我有一封介紹信，他也許能提供一些線索。此外還有錢的事要調查。」

「和錢有什麼關係？」

「很多事我們需要弄清楚。許多謀殺案都與金錢有關，誰會因為什麼事而失去錢或得到錢，我們得查清楚。」

「但是，雷文克命案發生時應該都查過這些了。」

「是啊，看起來很自然，他們都立有正常的遺囑，各自把財產留給對方，妻子把錢留給丈夫、丈夫把錢留給妻子。因為兩人雙雙身亡，誰也無法得到對方的錢，受益人是他們的女兒西莉亞和現在在國外念書的兒子愛德華。」

「這沒有用啊，孩子們都不在現場，他們與此案無關。」

「的確如此。我們要進一步，再往前、往附近找看看是否有財務上的動機。」

「噢，可別要我去，」奧利薇夫人說，「我對這個可是沒資格多談的。那只是，該怎麼說，是我和那些大象交談後自然而然推論出來的。」

「不，我想你最好先調查假髮。」

「假髮？」

「警方檔案裡有假髮公司的記錄，這家昂貴的美容院和假髮店設在倫敦龐德街，後來關門了，公司搬到別地，原來的兩個合夥人繼續在新址營業，但現在也已結束了。我有其中一位美髮師的地址，我想由女人去打聽比較方便些。」

「你是說我嗎？」奧利薇夫人問。

「對。」

「好吧，你要我做什麼？」

「照這個地址到雀爾特南走一趟，找蘿森特女士。她的年紀很大了，專門為女士做時髦髮型。她丈夫也是同行，專門解決禿髮男士的困擾，擅長做遮禿頭的假髮。」

「天哪，這是什麼任務！你認為他們會記得嗎？」

「大象會記得的。」白羅說。

「那你要去問誰？你說的那個醫生嗎？」

「他是其中之一。」

「他會記得什麼？」

「可能不太多，」白羅說，「但他或許聽過某件意外事故，那個案例應該很有趣，病例裡一定有相關紀錄。」

「你是指雙胞胎姐姐的檔案？」

「對。據我聽來，有兩起事故與她有關，一次發生在哈特格林，當時她住在鄉下，還是個年輕媽媽；另一次發生在馬來半島，每次事故的結果都有一個小孩死亡。我想了解……」

「你說的是孿生姐妹中的莫莉，我的朋友莫莉有精神病嗎？真難以置信，一點也不像，她熱情、可愛、漂亮、感情豐富，她是個好人。」

「是啊，是啊，看來是這樣。她也是個快樂的人，對吧？」

「對，她很快樂，一直都很快樂。我對她過世前的生活一無所知，但我偶爾收到她的信件或與她相見時，她都很快樂。」

「你一點都不了解她的孿生姐姐嗎？」

「不，不了解。不過……好吧，坦白說，幾次我見到莫莉時，桃莉都住在療養院中，連莫莉的婚禮都沒去參加，沒來當伴娘。」

「這就很奇怪。」

「我還是不明白你可以從這裡查出什麼。」

「試試看吧。」白羅說。

# 14 威洛比醫生

赫丘勒．白羅付過車資和小費後走下計程車，核對了筆記本上的地址後，小心翼翼地拿著介紹信走上樓梯按鈴。一位男僕前來開門，通報姓名後，男僕告訴白羅，威洛比醫生正等候著他。

白羅被引進一間舒適的小房間，牆上立著書架，兩把椅子擺在壁爐旁，爐架上擺著一盤玻璃酒具。威洛比醫生起身迎上前，他年紀五、六十，身體瘦削、高額、深色頭髮，兩眼炯炯有神。醫生與白羅握手後便請客人坐下，白羅取出口袋裡的信。

「啊，是的。」

醫生接過信，讀過後放到一邊，興致勃勃地注視著白羅說：「我聽葛洛威主任提過，內政部的朋友也說了，看你有何需求，請我盡量幫忙。」

「承蒙關照，」白羅說，「這事的確很重要。」

「都過去這麼多年了，還有那麼重要嗎？」

「是的，不過如果你已不復記憶，自然是可以理解的。」

「那倒不是，我對這行的某一分支興趣濃厚，已獻身多年了。」

「據說令尊是這方面的權威。」

「沒錯，這是他畢生興趣所在，他有許多理論，有的已證實是正確的，而也有一部分令人失望。我猜你有興趣的是精神疾病案例？」

「是一名女子，名叫桃樂絲・培思東奎。」

「嗯。當時我年紀尚輕，對家父的理論極感興趣，只是我們的觀點經常相左。他的工作很有意思，我很樂於與他共同研究。不知道你想了解桃樂絲・培思東奎，亦即後來的賈洛夫人的哪些事情。」

「我想她是雙胞胎。」白羅說。

「沒錯，這正是當時家父致力研究的領域。那個時候他主持一項計畫，追蹤記錄同卵雙胞胎的日常生活，包括在相同環境中成長，以及由於各種因緣而在截然不同的環境下成長的雙胞胎，目標在觀察他們容貌的變化，以及生活遭遇是否相同。譬如一對雙胞胎幾乎從未生活在一起，卻奇怪地總是在同一個時間發生同樣的事。這真是很有趣，不過我想你對此不感興趣。」

「確實。」白羅說，「我好奇的是某個案例的某一部分，是有個孩子意外喪生的事。」

「原來如此。我記得此事發生在薩里[22]，那裡離坎伯利不遠，環境優美宜人。當時賈洛夫人是個年輕寡婦，帶著兩個小孩，丈夫不久前才意外喪生，因此她……」

「精神失常了？」白羅問。

「不，不盡然。丈夫的死訊讓她深受打擊，產生強烈失落感，醫生認為她的情緒並未完全平復，而且不喜歡她尋求康復的方式。她沒有照醫生建議的方法去克服喪夫之慟，以致行為古怪異常。總之，醫生需要有人商議，因此找來家父幫忙。家父認為她病情特殊，也相當危險，建議她最好到療養院接受觀察及特殊照料，尤其是那個男孩發生意外之後。根據賈洛夫人的描述，當時兩個小孩在一起，姐姐用鐵鍬或鋤頭打了比她小四、五歲的弟弟，他才會摔進花園裡的池塘溺死。小孩確實時常發生這種事，大孩子有時會因為嫉妒而把嬰兒車推進池塘裡，心裡想著：『要是愛德華或唐納德不要出生，媽咪就不會有這麼多麻煩』，或者『這樣媽媽會對我好一點』，這完全是出於嫉妒。但是此案中沒有嫉妒的理由或證據，弟弟出生後，姐姐並沒有不高興，反而是賈洛夫人不想要第二胎。她丈夫很高興有第二個小孩，賈洛夫人則不以為然。她找過兩位醫生想墮胎，不過當時墮胎還是違法行為，沒人願意為她做手術。僕人和送電報來的男孩供稱，是一個女人而不是姐姐打那個男孩。另一個女傭堅決表示，她透過窗戶看見是女主人動手的。她說：『我想那個可憐的人不知道自己在幹什麼。唉，自從主人過世後，她的情緒糟透了。』不知道你想了解本案的哪一部分。最後的裁決以意外事故結案，認定純屬意外，兩個小孩一起玩時互相推撞。的確是不幸的意外，事情就此擱置。後來家父前往指導，與賈洛夫人交談，並進行測驗、問卷調查等各種測試以及問答後，斷定是她動手的，家父因此建議她接受精神治療。」

「令尊斷定是她動手的？」

「是的。當時有一派治療理論十分風行，家父也信奉不渝。該理論簡單來說就是，經過一年左右的定期治療後，病人可以重新過正常生活，這對病人較為有益。他們可以回家居住，只要配合適當的藥物及親人的關照，病情就能日漸好轉。老實說，這種方法初期確實有幾個成功案例，後來則未必。幾個案例的結局都很不幸，看似康復的病人回到家和家人、丈夫、父母同住後，慢慢地又舊疾復發，而且經常導致悲劇發生。有個病例令家父特別痛心，這也是他的研究中相當重要的案例。有個女病人出院後與先前的室友住在一起，剛開始一切正常，但約莫半年後，有一天她緊急把醫生找來，對他說：『我要帶你上樓，看到我做了什麼你一定會生氣，你會叫警察，你一定會的。但我是不得已的，我看到魔鬼透過希達的眼睛往外看，我看到魔鬼了，我知道該怎麼做，我必須殺了她。』那個女友被勒死在一把椅子上，死後眼睛還被挖出來。凶手後來死在瘋人院，她沒有罪惡感，一直認定摧毀魔鬼是她的責任。」

22 薩里（Surrey），位於英格蘭東南部。

白羅悲傷地搖搖頭。

醫生繼續說：「是啊，我認為桃樂絲・培思東奎患有危險的精神障礙，只有妥善監視，她才不會造成危險。但當時的醫療認知並非如此，家父也不以為然。經過一段時間的治療，幾年後看來也十分穩定時，她便離開了療養院，在伴護的照料下過正常人的生活。她四處出遊交朋友，後來還出國了。」

「去了馬來半島。」白羅說。

「對，看來你已掌握不少資訊，她到馬來半島與孿生妹妹同住。」

「後來又發生悲劇了嗎？」

「是的。鄰居家有個男孩遇害，剛開始懷疑凶手是保母，後來好像也懷疑一個當地的男僕。然而從過去曾行凶的病歷看來，無疑又是賈洛夫人動的手。當時沒有充足的證據指控她，記得有某位將軍……」

「雷文克？」白羅問。

「對，雷文克將軍同意安排她回英國再次接受治療。你想知道的就是這個嗎？」

「正是。」白羅說，「先前我聽過其中片段，但大都是道聽塗說，不可靠。想請教的是，這個研究與雙胞胎有關，另一個人呢？瑪格麗特・培思東奎，即後來的雷文克夫人呢？她會不會也有同樣的病症？」

「她沒有任何精神病史，完全正常。家父對此很有興趣，曾與她訪談過一兩次。在家父見過的案例中，大多數從出生以後就手足情深的雙胞胎，罹患疾病或精神障礙時也都是一起發生的。」

「你是說從出生以後嗎？」

「對，在某些案例中，雙胞胎會因為一方對另一方懷有過於保護性的情感而產生敵意。情感有時會轉化為仇恨，情感的壓力太大就會激發仇恨，遇上情感危機便會引發姐妹之間的仇恨。

「本案很有可能即是如此。雷文克還是年輕的中尉或上尉時，我猜他便愛上了美麗的桃樂絲．培思東奎。她長得比妹妹漂亮，而且也愛上雷文克。他們當時並未訂婚，然而後來雷文克卻迅速移情別戀，又愛上瑪格麗特，即莫莉。他墮入情網，向她求婚，而她也答應了。他們在他事業平步青雲時結了婚。家父確信桃莉嫉妒妹妹的婚姻，卻又依然愛慕著阿利斯泰．雷文克，所以憎恨愈深。後來桃莉似乎淡忘了一切，也嫁給另一個男人。她的婚姻看來十分美滿，後來也常到雷文克家作客，不只去馬來半島，也包括其他國家以及他們回英格蘭後的家。那時她的精神病已痊癒，情緒不再低落，生活上有可靠的護士和傭人照料。我相信，家父也常說，雷文克夫人依然很愛她姐姐，她盡心呵護她、疼惜她，希望常去探望姐姐，但雷文克將軍並不願意。我猜或許桃莉，即賈洛夫人還愛戀著雷文克將軍，令他覺得尷尬為難，我相信他的妻子則認為姐姐早已消除了嫉妒和憤怒之心。」

「我聽說賈洛夫人在悲劇發生前三個星期左右，還住在雷文克家中。」

「是的，確實沒錯，她也在那陣子不幸罹難。她經常夢遊，有一天睡夢中她又跑出去，走在懸崖邊緣已經荒廢的小徑，最後失足墜崖身亡。她在第二天被發現，送醫時早已不治。妹妹莫莉極為沮喪、非常悲傷，但我——你想知道的可能是這點——我不覺得這會導致生活美滿的夫妻選擇結束生命。為了姐姐或妻子的姐妹過世而悲傷，不可能因此尋短，當然更不可能兩人一起自盡。」

「除非，」赫丘勒．白羅說，「瑪格麗特．雷文克要對姐姐的死亡負責。」

「天哪！」威洛比醫生說，「你的推論是……」

「瑪格麗特跟在夢遊的姐姐身後，伸手把桃樂絲推下山崖？」

「我絕對不相信這種說法。」威洛比醫生說。

「人心，」白羅說，「難測啊。」

# 15 髮型設計師和美髮師尤金與蘿森特

奧利薇夫人讚許地環視著雀爾特南，她以前從沒來過這裡。真棒，她自言自語地說，這裡的房子才像真正的房子。她回想起年輕時有個熟人住這邊……不然就是親戚、姨媽們認識的人。通常是陸軍或海軍退休人士，她想，久居國外回來的人喜歡住這種地方，這裡瀰漫著英國氣質、純正安全、高尚愉快的社交氛圍。

走過一兩家宜人的古玩店後，她來到目的地，或者說是赫丘勒．白羅要她來的目的地「玫瑰綠美髮沙龍」。她走進店裡，只見四、五個顧客正在做頭髮，一位年輕胖女孩放下手邊的工作前來招呼。

「蘿森特太太在嗎？」奧利薇夫人看看手中的名片。「她說今天早上有空，我不是來做頭髮，是想請教她幾個問題。先前電話聯絡時，她說十點半以後可以抽空見我。」

「對，」女孩回答說，「太太正在等你。」

她帶路穿過一道走廊，步下幾級階梯，推開盡頭的門，這裡顯然是蘿森特太太的屋子。胖女孩敲門後，探頭說：「要找你的女士到了。」又忙轉身羞赧問道：「您貴姓？」

「奧利薇。」

奧利薇夫人走進屋內，裡面猶如一間展示廳，窗簾是玫瑰色薄紗，壁紙印有玫瑰圖紋。蘿森特太太看來和奧利薇夫人年紀相仿，也許大個幾歲，她剛喝完晨間咖啡。

「蘿森特太太嗎？」她問道。

「我是。」

「方便打擾嗎？」

「噢，沒問題。我不太清楚你的來意，電話裡聽不清楚，不過沒關係，我可以和你談半個小時。喝杯咖啡嗎？」

「不，謝謝。」奧利薇夫人說，「我不會耽擱很久，只想請教幾件事，也許你還記得。據我所知，你從事美容業這行已有好多年了。」

「沒錯，我很欣慰都已經交給這些女孩來接手了，這幾年我都不用動手。」

「應該還是會提供意見吧？」

「沒錯，是這樣。」蘿森特太太微笑著說。

她看來和善、機敏，梳理齊整的棕色頭髮夾雜著幾綹灰白條紋。

「不知道你的問題是什麼。」

「嗯，我想請教你關於假髮的問題。」

「現在不像從前需要那麼多假髮了。」

「你曾在倫敦開業，對吧？」

「沒錯，先在龐德街後來搬到史隆街，不過最後發現還是鄉下最好。我和我先生都很喜歡這邊，我們在這裡的生意不大，也很少再做假髮。」她說，「我先生還會替禿頭的男士設計假髮、提建議。對上班的人來說效果非常顯著，你也知道，假髮讓他們顯得較年輕，更容易找到工作。」

「可以想像。」奧利薇夫人說。

由於緊張不安，她又閒聊了幾句家常，暗想著怎樣才能切入正題，蘿森特太太忽然傾身向前說：「你就是阿蕊登．奧利薇，那位小說家是嗎？」

「對，」奧利薇夫人說，「事實上……」她又如往常一般露出難為情的表情。「對，我是寫小說的。」

「我很喜歡你的書，我讀過好多本，哦，真好看。我能幫你什麼呢？」

「我想問的是關於假髮的事，以及很久以前的事，可能你不記得了。」

「嗯，我不曉得，你是說幾年前的流行嗎？」

「不是。我有個朋友，她婚後搬到馬來半島，又搬回英格蘭，後來發生了一件悲劇。事後大家很訝異地發現，她的假髮很多。我想這些假髮都是你們公司製作的。」

「哦，悲劇？她叫什麼名字？」

「我認識她時她姓培思東奎，後來她姓雷文克。」

「哦，對，沒錯，我還記得雷文克夫人，我對她印象很深。她人很好，而且很漂亮。對，她先生是上校或將軍，退休後他們住在……我忘了是哪個鎮了。」

「據說他們是一起自盡的。」奧利薇夫人說。

「對。記得看到消息時，我還說，怎麼會是雷文克夫人呢？後來報上登了他們的照片，確實就是她。我沒看過她先生，但那是她沒錯。真令人傷心，真悲哀。聽說他們發現她得了癌症，無法救治，才會選擇這條路。但其他細節我就沒聽說了。」

「沒有嗎？」

「你認為我可以提供什麼線索呢？」

「她的假髮是你做的，聽說調查此案時，警方認為四頂假髮顯得太多，不過也許當時的人確實都用到四頂，對吧？」

「嗯，我想一般人至少有兩頂，」蘿森特說，「一頂送來修補時，就戴另一頂。」

「你記得雷文克夫人有沒有又多訂兩頂？」

「有，但不是親自來，她那時可能生病住院了。來的是個法國小姐，應該是她的女伴吧，人很好，英語很標準。她描述了另外兩頂假髮的大小、顏色和款式後就走了，唉，想不到我竟然還記憶猶新。後來，一定是一個月或者是六星期後，我看到她自盡的消息。恐怕是在醫院聽到壞消息，便產生輕生的念頭，她丈夫一定無法忍受失去她……」

奧利薇夫人傷感地搖搖頭，然後繼續問道：「都是不同樣式的假髮吧。」

「對，一頂是很漂亮的灰色條紋、一頂宴會用的、一頂穿晚裝用的，還有一頂鬈曲的短髮，很漂亮，即使戴帽子也不會弄亂。很遺憾我沒再見到雷文克夫人，除了生病之外，她還很為之前過世的姐姐傷心呢，那是個孿生姐姐。」

「是啊，孿生姐妹的感情都很好，不是嗎？」

「她以前一直很快樂。」蘿森特太太說。

兩人都嘆了口氣，奧利薇夫人轉換話題說：「你認為假髮對我有用嗎？」

專家伸手估量一下奧利薇夫人的頭。

「我不會建議你戴，你的頭髮還很好，很厚實。」她唇邊泛起一絲微笑。「我猜，你很喜歡換髮型吧？」

「你真聰明，我確實喜歡變換髮型，很有趣。」

「你很會享受生活？」

「對，沒錯。我想我們永遠不知道未來會發生什麼事。」

「但也正是這樣，」蘿森特太太說，「讓很多人長期焦慮啊。」

# 16 格比先生的報告

格比先生走進房裡，白羅先生示意他坐下。他環顧四周，選擇等一下說話時要盯住的地方。一如以往，這次他的目光又落在電爐上，這個季節電爐是關著的。格比先生向以從來不正視他的雇主而著稱，他總是對著窗簾、暖爐、電視、時鐘、有時是地毯或墊子說話。他從手提箱裡取出幾張紙。

「嗯，」白羅說，「你蒐集到了什麼？」

「各種細節。」格比先生回答。

格比先生是全倫敦、全英格蘭、甚至全歐洲最有名的消息供應者，沒人知道他是怎麼創造奇蹟的。他的助手不多，有時他抱怨他的「腿」不如以前——他是這麼稱呼助手的——然而他得到的消息總是讓雇主們吃驚。

「伯登卡夫人……」他唸這個名字時，語調就像教區執事唸誦經文一般，彷彿接下來會是「以賽亞書，第四章、第三節」，「伯登卡夫人嫁給塞西爾·歐伯里先生，富有的鈕釦製造商。後來投身政治，當選小史丹摩區的國會議員。婚後第四年歐伯里先生車禍喪生，唯一的兒子不久也意外死亡。歐伯里先生的遺產由妻子繼承，但由於公司最後幾年經營不善，遺產總值不如預期龐大。歐伯里先生同時留下一大筆遺產給凱瑟琳·費恩小姐，他似乎背著太太與她有親密關係。伯登卡夫人繼續從政，約三年後領養了凱瑟琳·費恩小姐的孩子。凱瑟琳·費恩堅稱這個孩子是已故歐伯里先生的骨肉，根據調查，此點難以令人信服。費恩小姐關係複雜，交往對象多是財力雄厚、出手大方的男人。總有人會被金錢收買，不是嗎？抱歉這次的帳單會有一大疊。」

白羅催促道：「繼續說。」

「歐伯里夫人同意領養那個孩子，不久便與伯登卡少校結婚。凱瑟琳·費恩後來成為知名的演員和流行歌手，收入頗豐，她寫信給伯登卡夫人希望領回孩子，伯登卡夫人拒絕了。伯登卡少校後來在馬來半島喪命，留給她一小筆遺產，所以她一直生活優裕。另一條消息顯示，凱瑟琳·費恩小姐大約十八個月前過世了，遺囑中交代將一筆為數可觀的財產留給她的親生兒子德斯蒙，即德斯蒙·伯登卡。」

「真慷慨。」白羅說，「她是怎麼死的？」

「我的消息來源表示，是死於白血病。」

「這個男孩已繼承了生母的錢？」

「這筆錢委託律師代管至他二十五歲。」

「那時他就可以獨立，會有一大筆財產？那伯登卡夫人呢？」

「她的投資不甚成功，這不意外。她生活無虞，但也僅此而已。」

「德斯蒙立遺囑了嗎？」白羅問道。

「我還不知道，」格比先生說，「但可以查到，查到後我會馬上告訴你。」

格比先生站起來，心不在焉地朝著電爐鞠躬道別。

約莫一個半小時後，電話鈴響了。

赫丘勒．白羅在面前的一疊紙上記錄著，他不時皺眉頭、捻捻鬍子，畫掉某幾句再重寫，反覆如此。電話響時，他拿起話筒說：「謝謝，動作真快。是的……是的，非常感謝。有時真不曉得你是怎麼蒐集到這些消息……是的，這樣事情就很清楚了，原來覺得奇怪的地方現在都解釋得通了。是的，我知道……是，我在聽……你確定是這樣嗎？他知道他是領養的……但從來沒有告訴他誰是他的生母……嗯，好，我明白……很好。另一點你也會弄清楚嗎？謝謝。」

掛斷電話後白羅繼續記筆記，半個小時後，電話又響了，他拿起話筒。

「我從雀爾特南回來了。」白羅認得這個聲音。

「啊，親愛的夫人，你回來了？你見到蘿森特女士了嗎？」

「見到了，她人不錯，非常好。你說得對，她是另一頭大象。」

「親愛的夫人，你的意思是……」

「我是說她還記得莫莉．雷文克。」

「而且還記得她的假髮？」

「對。」

奧利薇夫人大致描述了這位退休美髮師提到的內容。

「對，」白羅說，「和葛洛威主任所說的完全吻合，警方找到四頂假髮，鬈髮的、晚宴用的和兩頂普通的，一共四頂。」

「所以，我說的你早就知道了嗎？」

「不，有些事是我沒聽過的。你剛說，雷文克夫人原來已有兩頂假髮，在自殺悲劇發生前的三到六個星期，又多買了兩頂。嗯，這點很有趣，不是嗎？」

「這很自然啊，」奧利薇夫人說，「你要知道，女人也會弄壞東西，像假髮之類的東西，如果不小心燒壞、濺到去不掉的汙漬或染上別的顏色，沒辦法修補或清洗時，當然要再買兩頂回來。我不懂你為什麼這麼興奮？」

「不完全是興奮，」白羅說，「只是一種觀點。但更有趣的是，你剛剛提到，當時是一個法國小姐帶著假髮去訂做的，對吧？」

「對，我猜是女伴之類的人，雷文克夫人曾住在醫院或療養院，她的身體不好，沒辦法親自去訂做。」

「我明白。」

「所以由她的法國女伴代為訂購。」

「你知道那個女伴的名字嗎？」

「不知道，蘿森特太太沒提起她的名字，我想她也不曉得。大概是雷文克夫人和她約好，由法國小姐拿假髮去量尺寸訂做。」

「嗯，」白羅說，「這樣我就知道下一步要做什麼了。」

「你打聽到了什麼？」奧利薇夫人問，「你有什麼行動嗎？」

「你老是對我不放心，」白羅說，「一直認為我整天坐在椅子裡休息，無所事事。」

「好吧，就當你是坐在椅子裡思考問題，不過你確實很少出門做事。」

「過不久我可能就會出門了，」白羅說，「你高興了吧？我還可能橫渡英吉利海峽呢，不是坐船，是搭飛機。」

「需要我一起去嗎？」

「不用了，」白羅說，「這次我自己去比較適當。」

「你真的要出門嗎？」

「當然，我四處奔波，你一定很感到欣慰，夫人。」

掛斷電話後，白羅在先前記下的資料裡找到一個號碼。電話撥通後他說：「親愛的葛洛威主任，我是赫丘勒．白羅，我不會打擾太久，你現在忙嗎？」

「不忙，」葛洛威主任說，「正在修剪玫瑰呢。」

「我想問你一件事，很小的一件事。」

「關於那對夫妻自盡的問題嗎？」

「對，你曾說他們家有隻狗，你說那隻狗常和他們出去散步，對吧？」

「對，有幾處都提到有隻狗，好像是管家說他們夫婦那天如常帶狗去散步。」

「驗屍報告上有沒有記錄雷文克夫人被狗咬傷的痕跡？不管是舊傷或新的傷口。」

「真奇怪，你竟會關心這種事。你如果不提，我也忘了。對，是有一兩處不很嚴重的傷口。管家提到那條狗曾有幾次攻擊女主人，還咬傷了她。白羅，不會是狂犬病，請你打消這個念頭，絕對不可能是這種事。他們是中彈死亡的，絕對沒有敗血症或破傷風的問題。」

「我不是懷疑那隻狗，只是想了解一些事。」

「她身上有一處新咬的傷口，才一兩個星期，她也沒有就醫打針，傷口癒合得不錯。」

葛洛威說，「俗話說：『死的是咬人的狗』[23]，不曉得這話是哪裡來的，可是……」

「可是狗沒死。」白羅說，「這不是我要問的問題。真想見到那條狗，牠一定很聰明。」

白羅謝過主任後掛了電話，喃喃自語道：「聰明的狗，也許比警察聰明呢！」

23 原句為「被狗咬的人沒死，死的是咬人的狗」，出自十八世紀英國詩人奧利佛．戈德史密斯（Oliver Goldsmith, 1728-1774）之詩〈瘋狗輓歌〉（An Elegy of the Death of a Mad Dog）。

# 17 白羅宣告啟程

莉文斯頓小姐通報：「赫丘勒．白羅先生來找你。」
她離開後，白羅關上門，坐到阿蕊登．奧利薇夫人身邊。
他略微壓低聲音說：「我要啟程了。」
「你說什麼？」奧利薇夫人吃驚地問，她老是被白羅傳遞消息的方式嚇到。
「我要啟程。我要離開這裡，搭飛機到日內瓦。」
「聽起來，你像要前往聯合國什麼機構或教科文組織。」
「沒有，這只是私人會晤。」
「你在日內瓦找到大象了嗎？」
「我就知道你會這麼想，也許有兩隻呢。」
「我沒有其他進展，」奧利薇夫人說，「也不知道如何再調查下去。」

「記得你或其他人提過，西莉亞．雷文克有個弟弟。」
「對，叫愛德華。我很少見到他，只有一兩次到學校帶他，那是好多年前的事了。」
「他現在在哪裡？」
「好像在加拿大念大學，讀理工科。你想去找他嗎？」
「不，目前不用，只想知道他在哪裡。案發時他不在家吧？」
「你不會……你不可能猜是他做的吧？我是說，槍殺他父母親？男孩子在那個年紀是會做出莫名其妙的事。」
「他當時不在家，」白羅說，「這是警方的紀錄。」
「你發現有用的線索了嗎？你看來很興奮。」
「我是很興奮，我手上有些資料，可以解釋很多事情。」
「哪些資料？可以解釋哪些事情？」
「我似乎解開伯登卡夫人叫你打聽雷文克夫妻自殺案的動機了。」
「不是純粹好管閒事？」
「不是，背後另有動機，大概和錢有關。」
「錢？錢和這件事有何關係？她已經很有錢了。」
「沒錯，她的錢夠生活。但她的養子，她待他如親兒子。他知道自己是養子，但不清楚自己的出身。他成年後立了一份遺囑……也許是養母催促他立下的，也許是她朋友暗示，或者是她的律師建議的，總之，成年後他可能覺得，萬一他有個三長兩短，應該將所有東西留給養母，前提是，如果沒有其他人可以交託的話。」

「我不懂這與她想了解自殺案有什麼關係？」

「你看不出來嗎？她想阻止這樁婚事。假如德斯蒙有了女朋友，如果他很快就打算結婚——現在的年輕人常這樣，他們不會考慮太多——這樣一來，伯登卡夫人就沒辦法繼承他的遺產，因為結婚會使從前的遺囑失效，而且他要與女友結婚時，應該會重立遺囑把財產留給妻子而不是養母。」

「你是說，伯登卡夫人不希望這樣嗎？」

「她想找藉口阻止他和這個女孩結婚，我想她希望……也許她真的相信，是西莉亞的母親殺了丈夫後再飲彈自盡，這種事會嚇到男孩子。即使是她父親殺死母親，也還是令人沮喪。這很容易讓這種年紀的年輕人產生偏見、受其影響。」

「你是說，他會認為如果她父親或母親是殺人犯，這女孩也會有行凶的傾向嗎？」

「不能那麼簡化，但她可能就是這麼盤算的。」

「但德斯蒙沒什麼錢不是嗎？他只是一個領養的孩子。」

「他對生母一無所知，不過看來他母親是知名演員和歌手，在生病過世前積攢了可觀的財富。她曾想從伯登卡夫人那裡領回兒子，但遭到拒絕。她一直惦念著這個孩子，決定把錢留給他。他滿二十五歲時就可以繼承這筆遺產，目前這筆錢由律師代管，所以伯登卡夫人當然反對他結婚，至少只能和她同意的人或她可以操控的人結婚。」

「聽起來很合邏輯，她不是什麼好人，不是嗎？」

「嗯，我覺得她不是。」白羅說。

「所以她不願讓你去拜訪她，唯恐你挖出她的真正動機。」

「也許是吧。」白羅說。

「你還發現了什麼？」

「嗯，就在幾個小時前，葛洛威主任打電話問我一些小問題，我也趁機問他，他說老管家的視力很差。」

「這和案子有關嗎？」

「也許有關。」白羅看了一下錶說：「我得走了。」

「你現在要去機場？」

「不，是明天早上的飛機，但今天我得去個地方，去親眼看看這個地方，汽車還在門外等著呢。」

「你想看什麼？」奧利薇夫人好奇地問。

「也不是要看什麼，只是去感覺。對，是感覺一下，感覺和辨認我所感受到的……」

# 18 插曲

赫丘勒．白羅穿過墓園大門，走過小徑，在長滿青苔的矮牆邊站住，低頭看著墳墓。他站立良久，望著墓碑，再看看四周的丘陵草原和天邊的大海。過了一會，他又將視線移回墳墓，墳上有新近獻上的鮮花，一束雜色的野花，像是小孩放的，但白羅認為應該不是。他唸著碑上的墓誌銘：

紀念
桃樂絲．賈洛
逝於一九六〇年九月十五日

紀念

瑪格麗特．雷文克
逝於一九六〇年十月三日
前者的妹妹

紀念
阿利斯泰．雷文克
逝於一九六〇年十月三日
她的丈夫

他們死後永不分離

免我們的債
如同我們免了人的債
上主請憐憫我們
基督請憐憫我們
上主請憐憫我們

白羅站了一會兒，頷首點頭，隨後離開墓地沿著通向懸崖的小道走去。他靜靜站立眺望大海，自言自語道：

「現在我確定發生什麼事和它的原因了，也可理解其中的悲哀。唉，竟得回首面對那麼遙遠的往事。『我死之處即生之始』[24]或者該改寫為『我生之始即悲劇之端』？在瑞士的那個女人一定知道內情，但她願意告訴我嗎？男孩相信她會的，為了他們，為了那個女孩和男孩。除非了解真相，否則他們無法面對生活。」

24 出自英國詩人艾略特（Thomas Stearns Eliot, 1888-1965）的詩集《四首四重奏》（*Four Quartets*）。

# 19 梅迪與齊莉

「你是侯瑟拉小姐嗎？」白羅鞠躬致意。

侯瑟拉小姐伸出手，白羅判斷她大約五十歲，相當高傲，有自己的想法。她果斷、精明、有教養，坦然面對生活的喜樂和磨難。

「久仰大名，」侯瑟拉小姐說，「你在瑞士和法國有許多朋友。我不知道能幫什麼忙。你在信中提過是與舊事有關，對吧？過去發生的事，不全然是已經發生的事，而是與之相關且多年以前的線索。請坐，嗯，那張椅子夠舒適，桌上有飲料和小點心。」

她舉止熱情沉穩、態度和藹。

「你曾在某個家庭擔任家庭教師，」白羅說，「培思東奎，還記得嗎？」

「年輕時的事不會忘。他們家有個女兒，還有個比她小四、五歲的弟弟，都很乖，他們的父親後來當上將軍。」

「夫人還有個姐姐。」

「對，記得我剛到他們家時她不在，她身體不好，好像到什麼地方接受治療。」

「你記得她們的教名嗎？」

「一個叫瑪格麗特，另一個記不太清了。」

「桃樂絲。」

「啊，對，這個名字我記不住，她們互相叫對方的小名，莫莉和桃莉。她們是孿生姐妹，長得很像，都是很漂亮的女人。」

「她們的關係很好嗎？」

「很好，互相照顧對方。可是我們沒搞混吧？我學生的姓不是培思東奎。桃樂絲．培思東奎嫁給一位少校，姓什麼我記不清了，艾羅嗎？不，是賈洛。瑪格麗特的先生名叫……」

「雷文克。」白羅說。

「對。奇怪，名字就是記不起來。培思東奎是上一輩的姓，瑪格麗特．培思東奎曾經在這裡讀寄宿學校，她婚後寫信請校長貝諾瓦女士介紹家庭教師，校長推薦我去，所以我就去了。我會知道這個姐姐，是因為我擔任家教的時候，她在那邊住過一段時間。那個女孩大約六、七歲，名字出自莎士比亞，記得是羅瑟琳或西莉亞。」

「是西莉亞。」白羅說。

「男孩只有三、四歲，叫愛德華，淘氣又可愛，和他們在一起很愉快。」

「他們也說和你在一起很快樂，他們喜歡和你一起玩耍，你對他們很好。」

「Moi, J'aime les enfants[25]。」侯瑟拉小姐說。

「聽說他們叫你梅迪。」

她笑了。

「啊，我喜歡這個名字，它讓我回憶起許多往事。」

「你知道有個小孩叫德斯蒙嗎？德斯蒙・伯登卡？」

「他家就住隔壁或再過去一點。幾個鄰居孩子常一起玩，他叫德斯蒙，對，我記得。」

「你在這家待的時間長嗎，小姐？」

「不很長，頂多三、四年。後來家裡叫我回來，因為我母親病重，我得回來照顧她。我知道她不久人世，果真一年半或兩年後她就去世了。後來我開了一間小型寄宿學校，招收大一點的女孩，教她們各國語言。我沒再去過英國，不過隔一兩年就會和那邊聯絡，兩個孩子聖誕節也都會寄賀卡來。」

「你認為雷文克夫婦很恩愛嗎？」

「非常恩愛，他們也很疼孩子。」

25 法語，意思是「我就愛小孩子」。

「他們相配嗎？」

「在我看來，他們擁有完整而美滿的婚姻。」

「你說雷文克夫人很照顧她姐姐，那麼她姐姐也愛護她嗎？」

「我沒有很多機會去判斷。坦白說，我覺得這個姐姐桃莉是個明顯的精神病患，有一兩次行為非常詭異，嫉妒心很強。據我所知，她曾與雷文克將軍訂婚或準備訂婚。聽說他最初愛上的是她，但後來幸好把感情轉移到莫莉身上。莫莉情緒穩定，討人喜歡；至於桃莉，我認為她有時愛她妹妹，有時又恨她。她是個嫉妒心很重的女人，她認為妹妹的愛都被孩子占去了。有個人比我更了解這些，就是莫歐赫小姐，她住在洛桑。她在我離開一年半或兩年後到雷文克家，住了很多年，西莉亞上寄宿學校後，她還回去當雷文克夫人的女伴。」

「我正準備去見她，我有她的地址。」白羅說。

「她知道很多我不知道的事，她很漂亮而且可以信賴。後來發生的是個可怕的悲劇，她知道事情是怎麼發生的，但她很慎重，一直對我守口如瓶。不知道她願不願意告訴你，也許會，也許不會。」

§

白羅站著打量莫歐赫小姐一會兒，他曾為侯瑟拉小姐的風采動心，而眼前接待他的女子也同樣動人。她沒那麼拘謹，比較年輕，大約少十歲，風韻完全不同。她充滿活力和魅力，目光犀利，神色親切地迎接著來客，但又不致過於柔媚。白羅想，此姝絕非泛泛之輩，非常傑出。

「我是赫丘勒．白羅。」

「我知道，我猜你這一兩天內會到。」

「你收到我的信了嗎？」

「沒有，一定還在郵局，我們的郵政不太可靠。不過，我收到另一個人的信。」

「西莉亞．雷文克寄的嗎？」

「不，是與西莉亞很親密的人，德斯蒙．伯登卡。他告訴我你要來。」

「我明白。很聰明，毫不浪費時間，他急著要我來見你。」

「我也這麼認為。聽說他們碰上一些麻煩，他和西莉亞急於解決此事，而他們認為你可以幫他們，對吧？」

「沒錯，他們也認為你可以幫我。」

「他們彼此相愛，打算結婚。」

「是的，不過他們遇到一些阻礙。」

「是德斯蒙的母親，他告訴我的。」

「西莉亞的某些背景，致使德斯蒙的母親產生偏見，反對他們成婚。」

「唉，是為了那個悲劇，因為那是個悲劇。」

「對，因為那個悲劇。西莉亞有個教母，德斯蒙的母親要求她向西莉亞問清楚自殺案的經過。」

「真是豈有此理。」莫歐赫小姐伸手說，「請坐，請坐！我想我們得談一會兒。西莉亞沒有什麼可以告訴她教母……她是小說家阿蕊登．奧利薇嗎？我記得她。西莉亞無法告訴她什麼，她自己都一無所知。」

「悲劇發生時她不在場，也沒人告訴她發生的一切嗎？」

「是的，當時他們都認為不讓她知道比較好。」

「哦，你贊同這個決定嗎？」

「這很難說，很難說，這麼多年來我一直不敢肯定。據我了解，西莉亞從未煩心過，我是說她不會去疑慮事情的緣由。她就像接受飛機失事或汽車事故一樣接受既成的事實，相信是某種意外導致父母雙雙身亡。她在國外的寄宿學校住了好幾年。」

「實際上，我知道這所寄宿學校是你辦的，莫歐赫小姐。」

「是的。我最近退休了，現在是我同事接手。當時他們把西莉亞送到我這裡，請我為她找個好地方繼續學業，很多女孩都是這樣到瑞士來的。我本來可以推薦好幾個地方，但後來決定把她安置在我這裡。」

「西莉亞沒問為什麼嗎？」

「沒有，這是悲劇發生前的事。」

「我不是很明白。」

「西莉亞在悲劇發生前幾個星期來到這裡，當時我不在，我仍然和雷文克將軍及夫人在一起。當時我已經不是西莉亞的家庭教師，而是雷文克夫人的女伴，負責照料她生活起居。西莉亞當時本來在國外念書，突然他們要她結束那邊的課程，安排她到瑞士來上學。」

「雷文克夫人當時很虛弱嗎？」

「對，但並不嚴重，不像她自己擔心的那麼糟。當時她精神過度緊張，受了驚嚇且一直很憂慮。」

「所以你留下來陪她？」

「我姐姐在洛桑，接到西莉亞後，安排她到一所只有十五、六個女孩的學校，她邊上課邊等我回來，三、四個星期後我就回來了。」

「但出事時你在懸崖山莊。」

「我是在懸崖山莊。雷文克將軍和夫人像往常一樣出去散步，但一直沒回家。後來發現他們被射殺，槍就掉在兩人身邊。那把槍是雷文克將軍的，通常放在他書房的抽屜裡。兩人的指紋都在槍上，但看不出槍最後是握在誰手中。關於他們的蜚短流長不少，但很明顯他們是一起自盡的。」

「你沒發現任何疑點嗎？」

「據我所知，警方沒發現疑點。」

「噢。」白羅說。

「你說什麼？」莫歐赫小姐問。

「沒什麼，沒什麼，只是突然想到一件事。」

白羅打量著她，棕色秀髮上不見一絲白髮，雙唇緊閉，灰色眼珠，臉上沒有任何表情。她鎮定自若，毫不慌亂。

「你沒有別的可以告訴我了嗎？」

「抱歉，事情過去太久了。」

「你對當時的情形記得相當清楚。」

「是啊，很難忘記如此悲哀的往事。」

「你認為不應該告訴西莉亞事情的緣由嗎？」

「我不是告訴過你，能說的就是這些了嗎？」

「悲劇發生之前你就住在懸崖山莊了，對吧？四、五個星期或六個星期時。」

「實際上比這更久。雖然剛開始我是西莉亞的家庭教師，可是她上學之後，我就回去陪伴夫人。」

「雷文克夫人的姐姐當時也住在那裡，對吧？」

「對，她有幾次住院接受特殊治療，後來病情好轉，院方認為她可以與家人同住過正常家庭生活。反正西莉亞已離家上學，所以雷文克夫人認為邀請姐姐來很適宜。」

「這對孿生姐妹互相喜歡對方嗎？」

「很難說。」莫歐赫小姐回答。她眉頭緊鎖，彷彿白羅的話引起了她的興趣。「自從那以後，我常思考這個問題。她們是雙胞胎，兩人之間有一條紐帶讓她們相互依賴和喜愛，很多地方她們很像，但也有很多地方她們完全不同。」

「是嗎？可以問是哪些地方嗎？」

「哦，這和悲劇沒什麼關聯，不是那麼回事。肉體或精神上一定有所差異，不管你怎麼稱呼它。現在的理論認為，所有精神上的障礙都一定有肉體上的肇因。我相信醫學上早已公認雙胞胎之間有個強力的紐帶，即使他們被分隔兩地，在不同環境下成長，仍會出現相同的性格，也會在同樣時間發生同樣的事情。有些醫學上的例證相當驚人。有兩姐妹，一個住歐洲，比如法國，另一個住英國。她們差不多在同一天買了同一種狗；她們嫁給類似的男人；在前後不差一個月的時間內都生了孩子，她們倆做一樣的事而彼此毫不知情。然而也有截然相反的例子，姐妹之間彼此嫌惡甚至仇恨，以致互相疏遠，或者弟弟拒斥哥哥，好似要擺脫兩人間的雷同、相似及共同擁有的事物，這種情緒會導致很怪異的結果。」

「我明白，」白羅說，「我聽過這類故事，也親眼見過一兩個例子。愛可以輕易地轉變成恨，甚至比轉變成無所謂更快。」

「啊，你都了解！」莫歐赫小姐說。

「沒錯，我見過的事例不只一次。雷文克夫人的姐姐長得很像她嗎？」

「我覺得外表看起來很像，不過臉上的表情很不一樣。雷文克夫人不像她姐姐那麼神經質，而且她姐姐特別厭惡小孩，不知道什麼緣故，也許她年輕時曾流產，或者渴望生孩子而從未如願，反正她就是討厭小孩，她憎恨他們。」

「也因為如此，曾發生過一兩次不幸的事件，對吧？」白羅問。

「有人告訴你了？」

「在馬來半島認識她們姐妹的人告訴我的。雷文克夫人和丈夫住在馬來半島時，姐姐桃莉曾前去和他們同住。有個小孩發生意外，一般相信桃莉難逃其責，雖然沒有證據能證明，但據說莫莉的丈夫把她送回英國，再次送她進精神療養院。」

「嗯，我相信這是真的，雖然我不知道有這件事。」

「但你知道其他事。」

「即使是這樣，也沒必要再追憶吧。既然大家已經接受現實了，讓往事沉寂下去不是更好嗎？」

「那天在懸崖山莊還可能發生其他事情。可能是夫妻雙雙自殺，但也可能是謀殺，甚至還有其他可能。從剛才你的一句話，我斷定你知道那天究竟發生了什麼，也知道在此之前發生了什麼。西莉亞到瑞士時你仍然留在懸崖山莊，我要請教一個問題，我想知道你的回答會是什麼。這並非要你直接給我答案，只是問你個人的想法。雷文克將軍對這對孿生姐妹的感情如何？」

「我明白你的意思。」

她的態度首次有所變化，她不再存有戒心，微微前傾與白羅侃侃而談，彷彿找到了解脫的管道。

「她們年輕時都很美，」她說，「許多人都這麼說。雷文克將軍愛上了有精神病的姐姐桃莉。儘管她性格怪異，但仍舊很迷人、性感。他很愛她，然而也許發現了她性格上的弱點，使他感到不安或反感。他也許看出她有精神障礙的端倪和潛伏的危險，於是把感情轉移到妹妹身上，愛上她，並與她結婚。」

「你是說，兩姐妹他都喜歡，但不是同時愛上她們，而是每次的愛情都很真誠？」

「是的，他對莫莉很癡情，深深依賴她，她也仰仗他，他是位很可愛的男人。」

「請原諒我冒犯，」白羅說，「我想你也愛他。」

「你！你竟敢這麼說！」

「對，我敢這麼說。我不是暗示你們之間有私情，不是那種事，我只是說你愛他。」

「沒錯，」齊莉．莫歐赫說，「我愛他。某方面來說，我仍然愛著他，這並不可恥。他信任我、依賴我，但他從沒愛上我。愛一個人、為他努力還是可以很快樂，我不希求更多，只要信任、同情、相信我……」

「你在他陷入困境時盡力幫助他。有些事你不想告訴我，但有些事我想讓你知道。實際上從各方得來的消息中，我已略知梗概。在來見你之前，我已聽其他人提過，這些人不只認識莫莉，也認識桃莉。我也大致了解桃莉她悲劇的一生，她的悲傷、不幸及仇恨，她邪惡的傾向，和流布在家庭裡具有毀滅力量的愛。如果她熱愛的男子後來娶了她妹妹，她自然會仇視妹妹，也許從未原諒她。但莫莉・雷文克的感覺又是如何？她喜歡姐姐嗎？她恨她嗎？」

「哦，不，」莫歐赫小姐說，「她愛姐姐，她深深愛著她，我很清楚。每次都是她邀請姐姐來家裡同住，希望幫助她擺脫不幸、避開危險，因為她常常舊病復發，陷入狂暴的情緒，這使莫莉驚恐萬分。嗯，這些你很清楚了，你剛才也提到桃莉很奇怪的厭惡小孩。」

「你是說她也討厭西莉亞？」

「不，不是西莉亞，是愛德華，那個小的。有兩次愛德華險些出事，一次是被汽車撞上，另一次是桃莉瘋狂暴怒。我想愛德華回學校後，莫莉才鬆了一口氣。他當時年紀還很小，想想看，比西莉亞小多了。他當時才八、九歲，在上預備學校。他很弱小，莫莉很為他擔驚受怕。」

「嗯，」白羅說，「很能理解。我們可不可以談談假髮的事。雷文克夫人有很多假髮，戴很多頂假髮，四頂，當時的女人很少有這麼多假髮的。我知道它們的樣式、戴起來的模樣，還知道當時是一位法國小姐去倫敦加訂兩頂的。還有一條狗，悲劇發生當天曾和雷文克將軍夫婦一起去散步。不久前，這隻狗還咬了牠的女主人莫莉・雷文克。」

「狗就是那樣。」齊莉・莫歐赫說，「永遠不能信任，這我知道。」

「我可以告訴你我認為那天發生了什麼事，以及在那天前不久發生的事。」

「如果我不聽呢？」

「你會聽的。你可以說我想像的都是錯的，你也許會這麼說，但我認為你不會。我要說的是，我真心相信，此時需要的是事實，不要光憑想像、不要只憑猜測。此事關係著一對年輕男女的幸福，他們彼此相愛，但對未來充滿驚恐，害怕長輩的行為會遺傳給後代。我說的是西莉亞，她是個具有叛逆性格的女孩，意志剛強執拗，但聰明善良，能快樂、有勇氣，然而她與世人一樣想知道事實真相。他們可以毫不驚慌地面對事實，如果命運善待他們，他們就有勇氣面對命運給予他們的一切。她所愛的那個男孩，為了她，也想知道事實。你願意聽我說嗎？」

「願意。」齊莉・莫歐赫說，「我正在聽。你了解很多事，比我想像的多。說吧，我會聽的。」

# 20 調查會

白羅再次站在懸崖上，俯瞰著海水拍打礁石。人們即是在此發現一對夫婦的屍體，也是在這兒，命案發生前的三個星期，一個女子在夢遊時失足落下懸崖身亡。

「為什麼會發生這些事？」這是葛洛威主任當初的疑惑。

究竟是為了什麼？

先是意外事故，過了三個星期後夫妻便雙雙尋短。過去的罪孽留下了長長的影子，導致了多年後悲慘的結局。

今天在此聚會的人，有一對尋找實情的年輕男女，和兩個知道實情的人。

赫丘勒轉身，沿著小徑走向曾經名為懸崖山莊的房子。

山莊離此不遠，只見幾輛汽車停在牆邊。他看見山莊映在天空的輪廓，荒廢的房子看來需要重新粉刷了。仲介公司在房前掛了一個待售的牌子，上面寫著：「令人渴望的房產」。

門上的「懸崖山莊」四個字已被塗去，取而代之的是「五屋」。白羅走上前，迎接德斯蒙．伯登卡和西莉亞．雷文克。

「我說我們想看房子，跟仲介公司拿到許可證。如果想進屋裡，我有鑰匙。不過五年來這房子兩次易主，裡頭沒什麼可看的了。」德斯蒙說。

西莉亞說：「對，反正已經有很多人在這裡住過了。第一位買主叫它『箭』，第二任叫它『休耕地』，他們說這房子太荒涼，現在的屋主又想賣了。也許這房子鬧鬼。」

「你真的相信世上有鬼屋？」德斯蒙問道。

「當然不信。」西莉亞說，「不過這棟房子有可能，不是嗎？想想這裡曾經發生過的事，這是什麼樣的地方……」

「我不以為然。」白羅說，「這裡有過悲哀和死亡，但這裡也有過愛情。」

一輛計程車開了過來。

「我想是奧利薇夫人，」西莉亞說，「她說她會坐火車，再從車站搭計程車過來。」

兩名女子從車上下來，一位是奧利薇夫人，另一位女子身材頎長、衣著高雅。白羅事先知道她會來，所以並不吃驚，他注視著西莉亞的反應。

「哦！」西莉亞奔上前去。

她歡天喜地迎了過去。

「齊莉！」她喊道，「是齊莉嗎？真的是你！哦，我好高興，我不知道你會來。」

「赫丘勒・白羅先生請我來的。」

「我知道，」西莉亞說，「對，我想也是。可是我，我不……」她轉過頭來看著身邊俊美的年輕人說：「德斯蒙，是不是你……是你嗎？」

「對，是我寫信給莫歐赫小姐的，如果可以的話，我還是叫她齊莉。」

「你可以一直叫我齊莉，你們都可以。」齊莉說，「我一直遲疑著該不該來，不知道這樣做是否明智。我仍然不確定，不過但願沒錯。」

「我想知道真相，」西莉亞說，「我們兩個都想知道，德斯蒙認為你可以告訴我們。」

「白羅先生來找我，」齊莉說，「是他說服我來的。」

西莉亞挽著奧利薇夫人。

「我也希望你來，因為是你促成的，不是嗎？你找白羅先生幫忙，而且你自己也發掘了許多事情。」

「他們告訴我很多事，」奧利薇夫人說，「我以為他們都記得往事。有些人確實記得，但有人記得對、有人記錯了。雖然很混亂，但白羅先生說這不會有影響。」

「是沒有影響。」白羅說，「重要的是能辨別出什麼是道聽塗說、什麼是實情。因為即使在不完全正確或者沒解釋清楚的訊息裡，也可以找出實情。夫人，你從我這裡聽到的，以及從你的大象那裡……」白羅笑著說。

「什麼大象？」齊莉不解地問。

「她是這麼稱呼他們的。」白羅說。

「大象記性好。」奧利薇夫人解釋說，「我就是抱著這個念頭開始調查的。有些人可以像大象一樣，記住久遠以前發生的事。當然不是每個人都記得，但總會記住某些事，確實有不少人就是這樣。我把打聽來的消息都告訴白羅先生，而他就像醫生一樣開始診斷。」

「我理出一張清單，」白羅說，「列出屬於事實的部分。我應該把它唸一遍，看你們能不能察覺出其中的意義。也許你們看不出箇中緣由，也許你們一眼就看穿了。」

「我關心的是，」西莉亞說，「他們究竟是自殺還是他殺，是不是另一個人殺了我父母，為了我們不知道的原因向他們開槍。我一直都在思考，這很難過，但是……」

「我想我們就在這裡，」白羅說，「不必進屋子裡了，別人住過這房子，氣氛已不同。我們開完調查會後想進去再進去。」

「這是調查會？」德斯蒙問。

「對，調查多年前發生過的事。」

他走到房子旁木蘭樹蔭下的鐵凳子，從皮箱裡取出一張寫滿字的紙，對西莉亞說：「對你來說只是這樣嗎？不是自殺就是他殺？」

「一定是其中之一。」西莉亞說。

「兩個都是事實，但又更為複雜。在我看來，其中不僅有謀殺也有自殺，此外還有處決以及悲劇。這場悲劇是兩個人彼此相愛，卻都為愛而死。愛情的悲劇不只屬於羅密歐與茱麗葉，不只發生在受愛煎熬、為之獻身的年輕人身上。不，不是那麼簡單。」

「我不明白。」西莉亞說。

「你現在不會明白。」

「等一下就能明白了嗎？」西莉亞問。

「可以的。」白羅說，「我會告訴你我的看法，以及我如何推論得知。最初吸引我注意的是那些警察無法解釋的事物，有些東西很普通，一般人不會把它當證據。比如瑪格麗特・雷文克的遺物中有四頂假髮。」他又強調：「四頂假髮！」

然後他盯著齊莉。

「她不常戴假髮，」齊莉說，「只是旅行時或出門前頭髮凌亂又急著打理整齊時才戴，偶爾也會搭配晚宴服穿戴。」

「對，」白羅說，「那時流行戴假髮。外出旅行當然要帶上一兩頂假髮，但是她有四頂，在我看來四頂似乎多了點。我想知道她為什麼需要四頂，我向警方詢問，知道她並沒有禿髮的跡象，她的頭髮很健康，而且保養良好。總之，我很好奇。後來聽說其中一頂有幾縷灰髮，這是美髮師說的；另一頂是鬈髮，是她臨死時戴的。」

「這意味著什麼呢？」西莉亞說，「她戴哪一頂都很正常啊。」

「也許是這樣。此外管家當時告訴警察說，她在出事前幾個星期一直都戴這頂假髮，看來她最喜歡這頂。」

「我還是不明白……」

「另外，葛洛威主任引了一句話：『帽子不同，人相同』，這又令我冥思苦想。」

西莉亞又說：「我還是不明白……」白羅說。

「還有個線索來自那隻狗。」

「狗……狗做了什麼？」

「牠咬了她，據說這隻狗對女主人很忠心，但是在她臨死之前卻背叛了她，狠狠地咬傷了她。」

「你是說狗知道她要尋短？」德斯蒙瞪大了眼。

「不，比這簡單多了。」

「我不……」

白羅繼續說：「這隻狗好像知道大家都不知道的事，牠知道她不是女主人，只是長得像女主人。管家眼力不好又耳背，他看見的是一個穿著莫莉的衣服、戴著莫莉最容易辨認的假髮……那頂鬈曲的假髮的人。管家只說女主人在出事前幾個禮拜行為古怪，葛洛威因此才說『帽子不同，人相同』。那時我就起了一個念頭，一個信念：假髮相同，人不同。狗知道，因為牠聞得出這不是同一個人，不是牠摯愛的女主人，這個女人是牠厭惡害怕的人。我想，假如她不是莫莉．雷文克的話，會是誰呢？會不會是桃莉，她的孿生姐姐？」

「這不可能。」西莉亞說。

「不是不可能，無論如何，請記住她們是孿生姐妹。奧利薇夫人提及的事也頗堪玩味。她聽說雷文克夫人不久前曾住過醫院或療養院，懷疑自己得了癌症，然而病歷紀錄卻沒有。當然她可能只是懷疑，實際上並沒有罹病。隨後我逐漸了解她和孿生姐姐的經歷。和許多孿生姐妹一樣，她們彼此摯愛、穿同樣的衣服、做同樣的事、同時生病，在相差不久的時間內結婚。後來也和許多孿生姐妹一樣，兩人開始做相反的事，盡量不和對方雷同，姐妹之間甚至有了不快。不僅如此，更久以前就有個肇因。阿利斯泰·雷文克年輕時曾愛上孿生姐妹中的姐姐桃樂絲，但後來又轉而愛上妹妹瑪格麗特，並且與她結婚。無疑地，這必然引起嫉妒，兩姐妹因而疏遠。瑪格麗特依然深愛姐姐，但桃樂絲已非如此，僅此一點就足以解釋許多問題。

「桃樂絲是個悲劇人物，錯不在她，錯在她的基因，在遺傳特徵。她生來就有精神障礙，不知出於何種原因，她從年輕時就厭惡小孩。我們有充分的理由相信，是她害她的小男孩意外喪生，儘管證據不足，但醫生建議她接受精神治療，因此她在精神病院住了多年。後來醫生說她已痊癒可以恢復正常生活，她常到妹妹家住，還曾到馬來半島與妹妹一家住在一起。在那裡，又有一個鄰居的孩子意外喪生。儘管找不到充足的證據，但同樣又是桃莉的嫌疑最大。雷文克將軍送她回英國，她又再度住進醫院。後來她似乎又病好了，經過心理治療後，她又可以回家過正常生活。瑪格麗特相信這次真的沒事了，她認為姐姐應該和他們住在一起，才能就近照顧和觀察有沒有復發的徵兆。我想雷文克將軍反對此事，他應該堅信，如同其他與生俱來的殘疾一樣，桃莉的大腦天生不正常，隨時會發作，她需要全天候看管，以防發生不測。」

「你是說，」德斯蒙問道，「是她開槍打死雷文克夫婦？」

「不，」白羅說，「我的解答不是這樣。我猜是桃樂絲殺了妹妹瑪格麗特。有一天她們在崖上一起散步，桃樂絲把瑪格麗特推下懸崖。這個長得和自己一模一樣的妹妹，卻比自己正常、健康，潛伏多年的仇恨愈積愈高，仇恨、嫉妒和殺人的欲望像火山爆發一樣控制了她。我猜想有一個旁人知道內情，事發時她在場。我猜是你，齊莉小姐。」

「沒錯，」莫歐赫小姐說，「我知道，當時我在懸崖山莊。雷文克夫婦一直很為桃莉擔心，因為她曾企圖傷害他們的小兒子愛德華。愛德華被送回學校，我帶西莉亞回我辦的寄宿學校。把西莉亞安頓好之後我又回來了，這時這棟大房子顯得空蕩蕩，只有我、雷文克將軍、桃樂絲和瑪格麗特四個人住，大家相安無事。但是有一天事情發生了。這天姐妹兩人一同出去散步，卻只有桃莉一個人回來。她看起來神情緊張、行為怪異。她進來坐在桌邊，雷文克將軍看見她的右手都是血，問她是不是摔傷了，她答說：『哦，沒關係、沒關係，只是被玫瑰叢刺到。』然而這一帶根本沒有玫瑰，很明顯她在胡說，她如果說是荊豆叢我們還可能相信。我們很擔心，雷文克將軍立即往外走，我也跟了出去。他一路擔心地說：『瑪格麗特出事了，莫莉一定出事了。』

「我們在懸崖下的礁岩上找到莫莉，她被石頭撞得遍體鱗傷。她當時還醒著，但血流不止。我們不知所措，也不敢搬動她。我們想馬上找醫生來，但她緊緊抓住將軍不放，呼吸急促地說：『是她，是桃莉下手的，她不知道自己在做什麼，她不知道！阿利斯泰，千萬不要責備她。她從來不知道自己做了什麼、為什麼要做，她不由自主。阿利斯泰，你要答應我，我活不久了，不，來不及找醫生了，找醫生來也無濟於事。我一直躺在這裡，血流個不停，我快死了，我知道。但是答應我，答應我你會救她，答應我別讓警察把她抓走，答應我她不會因為殺了我而受到審判，不會背著謀殺罪名禁閉終生。把我藏起來，那樣我的屍體就不會被發現。求求你，這是我最後的請求了。我愛你勝過一切，為了你我一定要活下去，可是我活不了了，我感覺到了。我爬了一陣子，可是力不從心。答應我，還有你，齊莉，你也愛我，我知道你愛我、對我好，而且一直照顧我，你也愛孩子們，所以你必須救救桃莉。你們一定要救可憐的桃莉。拜託你們，拜託你們，為了我們之間的愛，救救桃莉。』」

「後來呢，你們怎麼做？」白羅說，「看來你也參與其中。」

「是的。她過世了，說完這些話不久，她就嚥氣了。我幫他掩埋屍體，埋在峭壁再往前一點的地方。我們把她移到有許多亂石的地方，盡量掩蓋她的屍體。那個地方沒有路，要過去得用爬的。我們把她埋在那邊，阿利斯泰不斷地說：『我答應她了，我不能食言。我不知道怎麼辦，不知道誰能救她。我不知道，但是……』後來我們做到了。桃莉還待在家裡，她嚇壞了，驚恐萬分，然而同時她又露出令人毛骨悚然的得意神色。她說：『我早就知道，多年來我一直知道莫莉是惡魔，她把你搶走，阿利斯泰，你是我的，可是她把你搶走叫你娶她，我知道。我好害怕他們會把我怎樣。他們會怎麼說？我不要被關起來，不要，不要，我會瘋掉。你不會讓我被關起來吧？他們會把我帶走，他們會說我犯了謀殺罪。這不是謀殺，我是不得已的，我不得不下手。你知道嗎，我想看見鮮血，但我不能在那裡等著看她斷氣，所以我才跑走。可是我知道她會死，只希望你找不到她，她摔到懸崖下了，大家會以為這是意外。』」

「真可怕。」德斯蒙說。

「對，」西莉亞說，「真是個可怕的故事，但我還是應該知道，知道了還是比較好，不是嗎？我甚至不會為她惋惜，我是說我母親，我知道她是個善良的人，我知道她沒有絲毫的罪惡，她是如此善良。我也可以理解父親當初為什麼不娶桃莉，他與我母親結婚是因為他愛我母親，而且他已經察覺桃莉精神不正常，邪惡又偏執。但後來你們怎麼辦呢？」

「我們編了許多謊話，」齊莉說，「我們希望屍體不要被發現，這樣就可以在夜裡把她移到別處，讓她看起來像墜海死亡。後來我們又編了夢遊的故事，要做的事就很簡單。阿利斯泰說：『你知道這很可怕，但是我已經答應了，莫莉臨死前我答應她了，我要完成她的遺願。只要桃莉配合，有一個辦法可以救她，不曉得她能不能做到。』我問他是什麼辦法，他說：『讓她裝成莫莉，並說桃莉在夢遊時失足掉下懸崖摔死了。』

「我們開始安排，我把桃莉帶到一間閒置的小屋待了一段時間。阿利斯泰對外說莫莉住進醫院了，因為姐姐夢遊墜崖身亡的事故讓她深受震驚。後來我們帶桃莉回家，叫她莫莉，讓她穿莫莉的衣服、戴莫莉的假髮。我又去訂了兩頂假髮，鬈髮的樣式把她掩飾得很好。老管家珍妮的眼力不好，而且桃莉和莫莉長得很像，連聲音也一樣，大家都以為她是莫莉，只是因為震驚過度，有時行為有點古怪。一切似乎都很自然，令人驚恐的是……」

「但她怎麼能不露出馬腳呢？」西莉亞問道，「這可不容易。」

「不，她不覺得困難。這遂了她的心願，她終於得到了阿利斯泰。」

「但阿利斯泰呢？他怎麼忍受得了？」

「在安排我回瑞士那天，他跟我透露了。他告訴我該怎麼做，也告訴我他的盤算。

「他說：『我只有一件事要做。我答應莫莉不把桃莉交給警方，沒有人會知道桃莉是凶手，孩子們也不知道他們的姨媽是凶手。不必揭發桃莉，大家會以為桃莉是夢遊時發生意外，她會被埋葬在教堂墓地，用她自己的名字。』

「我問他準備怎麼做，這真令人不忍。他說：『我要告訴你我的計畫。桃莉不應該再活下去了，假如她再碰到孩子，她會傷害更多生命。可憐的人，她不該活在世上。齊莉，你必須明白，我將為這個計畫賠上自己的性命。讓桃莉扮演我的妻子，我們再生活一段時間後，另一幕悲劇就會發生……』

「我不明白他的意思，另一次意外？又發生夢遊嗎？他回答說：『不，世人會以為我和莫莉一起尋短了，沒有人會知道真正原因，大家會猜她以為自己得了癌症，或我這麼以為，他們會議論紛紛。齊莉，你必須幫我。你是唯一愛我、愛莫莉且愛孩子的人。如果桃莉必須死的話，我是唯一能下手的人，她不會悲傷或害怕。我會先開槍打死她，然後再射殺我自己。她不久前拿過這把槍，指紋還在上面；我的指紋也會留在槍上。我必須討回公道，而我將是行刑者。我要你知道，我愛她們，我還是愛她們。我愛莫莉勝過自己的生命；我愛桃莉是因為同情她，同情她天生就這樣。』他還說：『你要永遠記住……』」

齊莉起身走到西莉亞身邊說：「現在你了解真相了。我曾經答應你父親永遠也不讓你知道，我食言了。我從沒想過向任何人透露，是白羅先生改變了我的想法，不過……這是個可怕的故事……」

「我了解你的感覺，」西莉亞說，「也許你的想法是對的，不過我很高興真相大白了，這令我如釋重負。」

「因為我們了解真相了，而且並不後悔知道真相。」德斯蒙說，「這是場悲劇。正如白羅先生說的，這是一對恩愛夫妻的悲劇。但他們並沒有互相殺害對方，他們仍舊相愛。一個被謀殺了，另一個基於人道處決了凶手，以防她加害更多孩子。即使他做錯了，人們也會原諒他，但我不認為他有過錯。」

「她一直是個可怕的人，」西莉亞說，「小時候我就很怕她，只是不知道為什麼，現在我明白了。我父親的行為證明他是勇敢的，他實現了母親臨終前的遺願，救了她姐姐。我認為母親一直深愛著姨媽，我寧可這麼想，哦，我這麼說聽來很傻……」

她疑惑地看著赫丘勒．白羅，又說：「也許你不以為然，我猜你是天主教徒。但『死後永不分離』這幾個字將永遠刻在他們的墓碑上。他們不是同時過世的，但我相信他們現在團聚了，他們死後又聚在一起。他們是如此相愛，而可憐的姨媽，我會試著用更寬容的心情看待她。可憐的姨媽也許根本身不由己，她再也不用受苦了。不過……」西莉亞突然回復平常的聲調說：「她不是個好人。她不是好人，你就會不由自主討厭她。如果她努力過，也許就完全不一樣，但她沒有。所以我們只好把她當作病人看待，她就像得了瘟疫，她應該被關起來與他人隔離，免得害死所有人。不過我要盡量憐憫她，至於我父母，我不會再疑慮了，他們彼此相愛，也愛那個可憐、不幸和仇視一切的桃莉。」

德斯蒙說：「西莉亞，我們盡早結婚吧。我向你保證，我母親永遠也不會知道這些，她不是我的親生母親，也不是能保守這種祕密的人。」

白羅說：「德斯蒙，我有充分的理由相信，你的養母急於阻撓你和西莉亞交往，試圖使你相信西莉亞遺傳了父母可怕的特徵。不過你可能不知道，我覺得沒有理由瞞著你：你的親生母親不久前過世，她把所有的遺產都留給你，你年滿二十五歲的時候，便可繼承這筆龐大的財產。」

「我若和西莉亞結婚後，當然會需要錢過生活。」德斯蒙說，「我知道這件事，我也知道養母很貪財，即使現在我還常借錢給她。不久前她建議我找個律師，說我已經二十一歲了，應該立個遺囑，她大概以為可以得到這些錢。我也想過把一切留給她，不過現在我要和西莉亞結婚了，我會把財產留給西莉亞，我討厭她干涉我們的行為。」

「我認為你的懷疑完全正確，」白羅說，「我敢說她自認所作所為都是出於善意，她認為應該弄清西莉亞的家世以免發生不測，不過……」

「好吧，」德斯蒙說，「我知道我不該這麼無情，她畢竟撫養我成人。如果錢夠用，我會分一部分給她，其餘的由我和西莉亞享用，我們可以快樂的生活。也許我們偶爾難免會傷心，但我們不必再疑慮了，對不對，西莉亞？」

「對，我們再也不用擔心了。」西莉亞說，「我的母親和父親都很偉大，母親一生都在照顧她姐姐，但一定相當無力，因為我們無法改變一個人的本性。」

「啊，親愛的孩子們，」齊莉說，「請原諒我這麼叫，畢竟你們都已經是大人了。真高興再次見到你們，而且知道我做的決定沒有傷害你們。」

「親愛的齊莉，你沒有傷害我們，真高興見到你。」西莉亞上前抱住齊莉說，「我一直都很喜歡你。」

「我從一認識你就很喜歡你，」德斯蒙說，「那時候我們是鄰居，你經常和我們一起玩遊戲。」

兩個年輕人轉過身。

「謝謝你，奧利薇夫人，」德斯蒙說，「你為此事奔波勞累，我們都知道。也謝謝你，白羅先生。」

「是的，謝謝你們，」西莉亞說，「我非常感激。」

他們離開了，其他人望著他們離去。

「好吧，我也得走了。」齊莉轉身問白羅：「你呢？你得向誰彙報嗎？」

「我也許會告訴一位朋友，他是個退休的警官。他已經退休，不會過問此案，但如果他還在職也許另當別論。」

「真是個可怕的故事。」奧利薇夫人說，「和我談過話的那些人，沒錯，現在看來，每個人都記得一些事，儘管雜亂無章，但都有助於發現真相。白羅先生總是可以在這麼龐雜的事物中找到關鍵，比如假髮、雙胞胎之類的事。」

齊莉望著遠方，白羅走到她身邊說：「你不責怪我前去找你，說服你來這裡吧？」

「不，我很高興。你是對的，他們很可愛，而且很相配，他們會幸福的。我們站立之處曾住著兩個相愛的人，他們都過世了，但我不會責怪他。這件事也許是錯的，我覺得這樣做不對，但我不能責備他，即使他做得不對，我還是認為他很勇敢。」

白羅問道：「你也愛他，對吧？」

「對，從來到這個家庭後，我一直愛著他。我真的很愛他，但我想他不知道。我們之間什麼也沒發生過。他信任我、喜歡我。我愛他們，他和瑪格麗特。」

「我還想問你一件事：他愛桃莉和莫莉，對吧？」

「完全沒錯，他愛她們，所以他願意拯救桃莉，莫莉也希望他這麼做。他到底更愛誰，我不知道，我們永遠也不會知道。」

白羅看了她一會兒，然後轉向奧利薇夫人說：「我們該回倫敦了，我們得回到現實中，忘掉悲劇和愛情。」

「大象能夠記住一切，」奧利薇夫人說，「不過我們是人，令人感恩的是，人是會遺忘的啊。」

專文推薦

# 藏在日常細節中的冒險

楊照（作家）

一開始，就都在那裡了。

一九二〇年，阿嘉莎．克莉絲蒂出版了《史岱爾莊謀殺案》，神探白羅就已經退休了。而且在這個案子裡，藉由敘述者海斯汀的轉述，就鋪陳出克莉絲蒂小說最基本的偵探原則：

「那些看來或許無關緊要的小細節……它們才是重要的關鍵，它們才是偉大的線索！」

「豐富的想像力就像洪水一樣，既能載舟亦能覆舟，而且，最簡單直接的解釋，往往就是最可能的答案。」

「沒有任何謀殺行為是沒有動機的。」

還有，一個不討人喜歡的死者，一群各有理由不喜歡死者、因而也就都有殺人動機的人，這些人彼此之間構成複雜的關係，有的互相仇視，有的互相愛戀，麻煩的是，有些愛人其實貌合神離，有些仇人其實私下愛慕；更麻煩的是，不論是愛或是仇，都有可能是扮演出來的。

一個外來的偵探必須周旋在這些嫌疑者之間，從他們口中獲取對於案情的了解，換句話說，他必須在很短的時間內，搞清楚誰是誰、誰跟誰吵架、誰跟誰偷情，然後判斷誰說的哪一句是實話、哪一句是謊言。常常謊言比實話對於破案更有幫助。

再偷偷透露一下，如果要和小說裡的凶手及小說背後的作者鬥智，就像克莉絲蒂對英國社會的了解，祕訣就在於要去追究小說裡的人物背景，尤其是他們的階級地位。基本上，階級地位愈高、權力愈大、愈有錢者，說的話就愈不要相信。例如在《史岱爾莊謀殺案》中，僕人、園丁說的話遠比有頭有臉的人說的要可信多了。就算要說謊，他們的謊言也比較天真，而且往往出於善良動機。當你歸納線索時，就會知道他們並非故意說謊，那是因為他們的認知受到蒙蔽或誤導，而你慢慢就從這蒙蔽或誤導中被引導到真相。

《史岱爾莊謀殺案》出版那年，克莉絲蒂三十歲，但書稿其實早在五年前就寫好了，畢竟要找到有人願意出版一個看來再平凡不過的家庭主婦寫的小說，並不是那麼容易。

所有和克莉絲蒂接觸過的人，都對於她的「正常」留下深刻印象。她看起來就和她那個年紀的典型英國家庭主婦一樣，害羞、靦腆，只能在社交場合勉強跟人聊些瑣事話題，完全無法演講，甚至連只是站起來對眾賓客說幾句客套話，請大家一起舉杯，她都做不到。她不演講，也很少答應接受採訪，就算採訪到她也很難從她口中得到有趣的內容。她會講的，幾乎都是記者本來就知道、或者自己就可以想得出來的。

例如說白羅這個神探的來歷。克莉絲蒂回答：他應該是個外國人，這樣就能在英國日常生活中看出英國人自己看不出的線索。她自己碰過的外國人，只有第一次大戰剛爆發時到英國避難的比利時人。比利時警察怎麼能跑到英國來？那一定是因為他已經退休了。他有潔癖，所以對於現場會有特殊的直覺，馬上感受到不對勁的地方。一個有潔癖的人，好像應該長得矮小些才相稱，一個矮小有潔癖的人最適當的名字，就是希臘神話裡的大力士「赫丘勒斯（Hercules）」，製造出荒唐的對比趣味。那白羅這個姓是怎麼來的呢？克莉絲蒂很誠實地說：「我不記得了。」

一切都如此順理成章，一切都如此合邏輯，不是嗎？有記者問她怎麼看自己的舞台劇〈捕鼠器〉，創下了英國劇場、甚至全世界劇場連演最多場紀錄的名劇？克莉絲蒂的回答也還是中規中矩，合理合節：那是一齣小戲，在一個小劇院演出，成本很低，任何人想到了都可以帶家人或朋友去看，老少咸宜，並不恐怖，也不特別荒謬打鬧，可是又什麼都有一點，包括恐怖和荒謬打鬧的成分。

她的身上找不出一點傳奇、怪誕色彩，那她為什麼能在五十年間持續寫偵探小說，創造了那麼多謀殺，還創造了那麼多詭計？

首先因為她是女性，以及她的身世，包括她的階級身分，使得她在描寫故事場景時比一般男性作者來得敏感。因為在她之前的偵探推理小說男性作家的階級身分都是高高在上，基本上他們會從較高的角度看社會，比較看不到底層的感受。

而她的婚變以及婚變中遭逢的痛苦，都使她更能體會與觀察，將英國社會的複雜細節融入小說的核心情節，讓探案與線索分析結合在一起。

克莉絲蒂一生結過兩次婚，第一次在一九一四年，婚後不久，丈夫就參加了歐戰，是英國皇家空軍最早一批飛行員。一九二六年，這個丈夫有了外遇，直率地向克莉絲蒂要求離婚，在那之前，克莉絲蒂的媽媽才剛過世，雙重打擊之下，又遇到車子無法發動，克莉絲蒂崩潰了，她棄車而走，忘記了自己究竟是誰，躲進一家鄉間旅館，登記時寫了她心裡唯一有印象的名字——她丈夫情婦的名字。

離婚後，一次在晚宴中，有人提起近東烏爾考古的最新收穫，克莉絲蒂就取消了原定要去西印度群島的計畫，改訂了跨越歐洲到君士坦丁堡的「東方快車」，是的，就是這趟旅程給了她寫《東方快車謀殺案》的靈感。不過更重要的是，在烏爾，她認識了一位年輕的考古學家，比她小十四歲，這個人後來成了她的第二任丈夫。

這位考古學家陪她去參觀在沙漠中的烏克海迪爾城，卻在沙漠中迷路困陷了。幾小時中克莉絲蒂卻沒有一點驚慌不安，當下考古學家就決定要向她求婚。

原來，克莉絲蒂的內心是有這種冒險成分的。要不然她不會兩次選到的，都是喜愛冒險的丈夫，而她本身大概也不會吸引一個在各種危險情境下挖掘古代寶藏的人，讓他願意向一個大他十四歲的女人求婚。

這樣說吧，維多利亞時代後期的英國環境，壓抑限制了克莉絲蒂冒險、追求傳奇的內在衝動，她只好將這樣的衝動寄託在丈夫和寫作上。她一邊陪著第二任丈夫在近東漫走，一邊在小說中寫各式各樣的謀殺與探案。謀殺和探案都是冒險，還有，偵探偵查中做的事——蒐集線索，還原命案過程——其實和考古學家的考掘，如此相似！

克莉絲蒂寫得最好的，正是「藏在日常中的冒險」。她個性中的雙面成分，造就了特殊的偵探魅力。既嚮往非常傳奇，卻又有根深柢固的日常邏輯信念，兩者都在克莉絲蒂的小說中扮演了重要角色。她的謀殺案幾乎都和日常習慣緊密編織在一起，日常環境成了凶手最重要的掩護。有些日常規律明顯地被破壞了，讓我們很自然以為那會是謀殺的線索，沿著這些線索形成了閱讀中的推理猜測，然而白羅早就提醒了，真正重要的反而是那些「細節」，也就是看來像是依隨日常邏輯進行的事，或說藏在日常邏輯中因而不被看重的事，那裡要嘛藏著凶手的核心詭計、煙幕，要嘛藏著凶手致命的破綻。

凶案的構想，就是如何讓異常蓋上日常、正常的面貌，又如何故意將日常、正常予以扭曲，製造假象；那麼偵探要做的，就是如何準確地在日常中分辨出真正的異常，將假的、明顯的異常撥開來，找出細節堆疊起來的異常真相。

此外，克莉絲蒂的小說裡隱藏著極其曖昧的情感價值觀，最典型、最有名的就是《東方快車謀殺案》。透過追查過程，讓讀者知道為什麼凶手要訴諸於這種手段，其動機具有可同情之處，再加上克莉絲蒂對身分階級的觀察，她比較相信或讓讀者相信那些沒有權力、地位的人，隨著偵查節奏去認識可能或必須懷疑的人。克莉絲蒂最擅長營造「多重嫌疑犯」的小說特質，因為讀者在閱讀時必須被迫去認識很多不一樣的人。在她最受歡迎的作品，大概都具備這樣的特質。

當然，她的作品中還有兩個最突出的神探，即白羅和瑪波。白羅是比利時人，但為什麼必須是外國人？這是因為英國人具有高度階級意識，這種觀念一路滲透到所有互動細節，包括人與人之間如何說話。而白羅因為不是英國人，他會發現一般英國人不太看得出來的東西，以及兩個人互動的方法哪裡不正常。至於瑪波為什麼得是老太太？她一如那個年代的老人家，總是靜靜坐著打毛線，因為不起眼，自然讓人放鬆防備，所以瑪波探案的線索都是來自於這樣的互動模式。

然而，白羅有很明顯的優勢，瑪波的身分使她基本上只能進行「靜態」的辦案，案子的空間受到侷限，白羅卻可以跨越各種空間，恣意揮灑。而且白羅擁有警官身分，可以合理出現在各種犯罪現場，瑪波能出現的地方，相形之下就勉強、不自然多了。白羅是明白的outsider，在英國，只要他出現，就會覺得有外人在而感到緊張，於是很容易露出平常不會表現的行為；瑪波則看起來是insider，但實質上是outsider，因為總是沒人發現她、當她空氣人。這兩人的探案，是兩個極端。雖然讀者最愛白羅，但克莉絲蒂自己偏愛瑪波勝於白羅。

不管後來的偵探、推理小說發展了多少巧妙詭計，克莉絲蒂卻不會過時，因為她的推理如此密切地和日常纏繞在一起；活在日常中，我們就無可避免被克莉絲蒂的「日常細節推理」吸引，隨時讀來都充滿驚奇趣味。

# 名家盛讚克莉絲蒂（依推薦時間排序）

**金庸**（作家）

克莉絲蒂的寫作功力一流，內容寫實，邏輯性順暢，也很會運用語言的趣味。閱讀她的小說，在謎底沒有揭露之前，我會與作者鬥智，這種過程非常令人享受。其作品的高明之處在於：布局的巧妙完全意想不到，而謎底揭穿時又十分合理，讓人不得不信服。

**詹宏志**（作家、PChome網路家庭董事長）

推理小說在從先輩柯南·道爾等人的發明中出現力量時，誕生了一位《天方夜譚》故事中每天說故事說個不停的王妃薛斐拉·柴德，也就是「謀殺天后」克莉絲蒂，整個世界對聽這些故事才有如此的熱情。他們捨不得睡覺，每天問後來還有嗎、還有嗎，永遠不肯離去，這就是克莉絲蒂對推理小說的最大貢獻。

**可樂王**（藝術家）

所謂「克莉絲蒂式」的推理小說，就是一場和一個天才的寫作者或高明的恐怖份子在紙上捕捉捉殺的戰事。即便是一列火車、一處飯店或一間酒吧，在克莉絲蒂寫來皆充滿神祕和猜謎。在人生適合的下午裡，我總是一面嚼著口香糖，一面跟著矮子偵探白羅穿梭謀殺現場，克莉絲蒂的推理作品無疑是推理世界中最充滿「魔術性」的小說。

**吳若權**（作家、節目主持人）

我從小就對推理小說情有獨鍾，克莉絲蒂一系列的作品尤其令我愛不釋手。多年來，閱讀推理小說的經驗讓我覺悟：讀者在文字情節中推展開來的驚嘆，不只是因緣於故事的本身，而是自我性格的投射。從這個觀點來看克莉絲蒂一系列的作品，她簡直就是洞徹人性的算命師。而讀者，在她的文字中，發現了自己無可奉告的命運。

**藍祖蔚**（國家電影及視聽文化中心董事長）

做過藥劑師，難免懂得毒藥；嫁給考古學家，難免也就嫻熟文明的神祕；再加上曾經失蹤九天，一切不復記憶的離奇經驗，的確提供了寫作靈感，但若少了想像力，那些片羽靈光縱使辛辣如辣椒，卻不足以成菜。

推理小說重布局、重人物描寫，克莉絲蒂最厲害的卻是犀利的人性觀察，她一手創造的白羅探長，潔癖個性完全和她相反，更將她所憎厭的人格特質集於一身，殊不知，唯有不對著鏡子寫作，才能夠跳出框架與制式反應，開闢無限寬廣的新世界，建構多面向的詭異迷宮。

看完她的小說，你只會更加訝異，到底是什麼樣的心靈才能成就這般視野？

**李家同**（作家、前暨南大學校長）

克莉絲蒂的整體布局十分細膩，最後案情也都講解得非常詳細，回頭去看，在書中都找得到線索。故事的情節與內容也很好看，不是像一個流氓在街上被殺掉那麼單調。……看小說應該要花腦筋、要思考，從小就要養成思辨的能力，看她的小說，就是對邏輯思考能力極佳的訓練。

**袁瓊瓊**（作家）

雖然被公認是冷靜理性的謀殺天后，但是在理性之下，克莉絲蒂的底色依舊是感情。克莉絲蒂很明白，所有的慾望之後，都無非是某種愛情。在以性命相搏的犯罪世界裡，凶手以終結他人的性命來遂私欲，不過是為了成全自己的愛，或者是成全自己的恨。

鄧惠文（精神科醫師）

以推理小說作家而言，克莉絲蒂的風格相當獨樹一格。她的偵探在辦案時，靠的不光是科學證據的搜集，而是大量運用犯罪心理學，及對人性的深刻了解。例如在《五隻小豬之歌》中，白羅便是藉由聽取嫌疑犯訴說案情時所不自覺顯露的主觀意識及中心思想，而看出其中破綻，找出真凶。白羅是靠腦袋辦案，以心理層面去剖析案情，即使人們敘述的是同一件事，他可以聽出不同角色因出發點及看待角度不同所透露的情緒觀感，從而抽絲剝繭，還原事實真相。

克莉絲蒂所塑造的人物也生動且各具特色，不同個性所出現的情緒反應描寫，皆細膩而準確，讓讀者產生豐富的想像空間，一展卷便欲罷而不能。

吳曉樂（作家）

克莉絲蒂使用的語言平易近人，主要是以角色與情節的對應來斧鑿出故事的深度，堆疊出讓讀者回味的迂迴空間。而她筆下的角色往往性別、階級、性格、族群各異，塑造出多元又豐富的人物群像。

文學作品不問類型，若要流傳於世，最終仍得上溯至「人性」的理解與反思。而阿嘉莎．克莉絲蒂的作品中，我們可以看到人類屢屢得和自己的人生討價還價，或千方百計讓主觀意識與客觀條件達成某種程度的整合，讀者在重建人物的心理軌跡時，也見識到自身的是非成敗，我認為，這也是克莉絲蒂的作品能夠璀璨經年、暢銷不衰的主因。

**許皓宜**（心理學作家）

克莉絲蒂筆下的故事看似在談人性的醜惡，實則像一位披著小說家靈魂的心靈引導者，用她的文字訴說著人們得不到「愛」時的痛苦。於是在故事終了的剎那，你不得不對人生多了幾分「看透感」：原來，我們心裡的那些痛苦、報復與自我折磨的慾望，不是因為「憤恨」，而是起於對「愛的失落」。這或許是我們在情感世界中最珍貴且深刻的一種覺察了。

推理小說荒謬驚悚嗎？不，它其實很寫實。它幫我們說出心裡的苦、怨、醜陋的慾望，於是，我們可以重新學習愛了。

**一頁華爾滋 Kristin**（影評人）

從有記憶以來，閱讀克莉絲蒂最迷人之處往往不在真正的凶手是誰，而是在於「Why」（為什麼）與「How」（如何進行），在於人性與心理描摹的故事肌理。依循其書寫脈絡，會發覺不只是邏輯清晰、布局縝密、著重細節，她總能完美掌握敘事節奏，書中人物彷彿真實存在般鮮明躍然紙上，讀者情緒會隨精準文字保持流轉、跳動、收放，掩卷時並無太多真相水落石出的暢快，反倒淡淡的惆悵化為餘韻襲上心頭，原來還是種種意料之外，卻屬情理之中的人性盲目使然。私以為，那成就了克莉絲蒂的推理故事之所以無比迷人的主因之一。

冬陽（推理評論人）

雖然阿嘉莎·克莉絲蒂的作品並非我的推理閱讀啟蒙，卻是養成閱讀不輟的重要推手。首先，她無庸置疑是個說故事能手，打開我名為好奇的開關；其次是設計犯罪事件的巧妙多元，既日常又異常，凶手更是叫人意想不到。沒錯，我相信每個當讀者的都忍不住想破案，想早偵探一步識破詭計，或者像考試結束鈴響前一秒，瞎猜都要指著某個角色大喊「你就是犯人」！然後會忍不住作弊——不是翻到最後幾頁窺探真凶身分，而是往前翻查讓人起疑的段落、偵探顯然掌握重要線索的時刻，直到忍不住豎白旗投降，看神探（我知道啦，真正把我耍得團團轉的聰明人是作者）頭頭是道地分析我遺漏錯置的片片拼圖，終於看清真相全貌。這，就是偵探推理，我因此熟悉遊戲規則、沉醉在每一場迷人故事裡，成為這個類型書寫的俘虜，享受至今不疲的美好滋味。

**石芳瑜**（作家、永樂座書店店主）

布局細膩、處處留下線索，破案解說詳細，說明了這位安靜、害羞的推理小說女王心思縝密，且充滿想像力。密室殺人，完美犯罪，《東方快車謀殺案》不愧為古典推理小說的經典。再加上神祕的東方色彩，隨著火車抵達的迫切時間感，連非推理小說迷都會神經拉緊，讀完大呼過癮。

家庭主婦缺少人生經驗？處女座的阿嘉莎．克莉絲蒂充分展現她過人的寫作天分，靠得是從小開始的閱讀，以及對偵探小說的著迷。三十歲寫下第一本偵探小說《史岱爾莊謀殺案》的克莉絲蒂，在那個時代並不能說是「早慧」，但寫作生涯五十五年中，共創作了八十部偵探小說，卻令人難以企及。這位害羞靦腆的小說女神，大概是相信只要有足夠的理由，每個人都有殺人的可能！

**余小芳**（暨南大學推理研究社指導老師、台灣推理作家協會常務理事）

學生時代加入推理社團，社課指定讀物便是經典作品《一個都不留》，成為我對克莉絲蒂的初步印象，自此沉浸於推理小說的世界。隔年寒假陪同學參與轉學考，在斜風細雨的走廊中，滿足讀完《東方快車謀殺案》。隨著歲月遠走，已昇華成趣味回憶。

踏入推理文學領域需要認識的作家，阿嘉莎．克莉絲蒂絕對名列其中，她的作品常有英國小鎮風光、莊園式的謀殺、設備豪華的交通工具等，還有特色鮮明的偵探活躍其中。書中少有血腥、暴力的橋段，布局巧妙且結構嚴密，手法純粹、知性，故事內容與人物性格融為一體，以高超的想像力結合說好故事的能耐，為推理小說開創新局面。克莉絲蒂推理全集重編改版，值得新舊讀者一起探索。

**林怡辰**（國小教師、教育部閱讀推手）

多年後，還是難忘第一次閱讀阿嘉莎．克莉絲蒂作品的感動和激動。這套將近一世紀的作品，文筆流暢，邏輯縝密，過程中不斷與作者較量、猜出凶手，直到最後解答不禁佩服，蛛絲馬跡處處展現作者的精妙手法，於是又拿起另一部作品，再次沉溺在謀殺天后所編織的日常世界中的奇幻，無可自拔。犯罪動機和手法穿越時空限制，如今讀來合理且依舊令人感動，閱讀中趣味橫生，難怪成為後來諸多偵探小說的原型。

克莉絲蒂創作生涯中產出的八十部推理作品，至今多部躍上大銀幕，無怪乎被稱之為「經典」，喜愛推理偵探作品的人不可不讀，你會驚異於她在文字中施展的魔法！

## 張東君（推理評論家、科普作家）

我愛克莉絲蒂！這位在台灣有時會被稱為克奶奶的超級暢銷推理小說家，即使是自認沒讀過她的書的人，也都會在各種書籍或影視作品中看到對她致敬的片段。由於她喜歡旅行和冒險，那些經驗與體驗都成為書中的場景，因此閱讀她的作品時，不只是雀躍地跟著偵探推理，也有了虛擬的旅行體驗。或者當成旅遊導覽書，在出發去尼羅河、去英國鄉間、去搭船搭火車時，就塞一本克奶奶的作品到隨身背包中。

我還是大學新生時，就聽學姐說她哥哥經常看克奶奶的小說，而且邊看邊狂笑。於是我跟著效仿，在某次搭飛機之前買了第一本小說當旅伴，不只看得超開心，看完後還到處找尋書中出現的那種有兜帽的斗篷，當成出門時的必備用品。克奶奶的作品是跨越文字、國界的。只要看過一本，就會不停地追下去。還好，真的是還好只有八十本。何況這次是全新校訂的紀念珍藏版，當然不能錯過！

## 發光小魚（呂湘瑜）（文史作家、助理教授）

一部好的偵探小說，除了情節設計巧妙之外，還需要洞悉人性，如此方能合理地交代人物的言行舉止與動機。阿嘉莎·克莉絲蒂便是其中翹楚，她的作品不管是偵探、愛情小說或戲劇，必要元素都是謎題與人性。在寧靜無波的場景下暗潮洶湧，永遠都有意料之外，讀者的情緒也會隨著劇情的進行起伏糾結。克莉絲蒂觀察到時代的變化，將犯罪心理融入作品中，於是，看她的小說不只能得到解謎的快樂，同時對人性也能夠有所省思。

此外，克莉絲蒂豐富的人生歷練及旅行經歷，例如一九二二年的環球之旅、居住過也旅行過的巴黎和埃及，甚至是追隨考古學家丈夫前往的中東，都讓她的小說讀來更加充滿異國情調。如果你也愛旅行，不如就讓我們一同搭上那一班南法的藍色列車，或由伊斯坦堡出發的東方快車，跟著白羅鑽進一樁奇案，一嘗旅程中破解謎題的快感吧。

**盧郁佳**（作家）

國小時，家裡買了一套阿嘉莎．克莉絲蒂全集，從此成了我的毒品，在白癡課本將我的腦袋啃囓成海綿般空洞時，撫慰受創的心靈，那時我仍對人心險惡一無所知。

數學課教你列算式，樂趣遠不如克莉絲蒂教你住宅平面圖、偷換時序的密室魔術，你從庭園長窗進房間，我從房門直通鄰房，他從走廊進房……從而學會故事是建構邏輯。她文風多變，時而《四大天王》中讓神探白羅向助手海斯汀大賣關子，眉頭緊皺，山雨欲來，預示天翻地覆，只能靠他拯救世界；時而用維吉尼亞．吳爾芙《自己的房間》中俏皮的語言，讓貧苦村姑安妮在《褐衣男子》中回憶南非出生入死的冒險，竟源於她耽讀村裡圖書館爛舊的冒險愛情小說，還有戲院每週末放映〈帕米拉歷險記〉，帕米拉每集從飛機跳落高空、搭潛艇、爬上摩天大樓，每次被黑幫老大抓到總不一刀斃命，卻老要用瓦斯毒死她，暗示續集又會逃出生天。

長大才發現，克莉絲蒂小說就是我的〈帕米拉歷險記〉：它以歌劇般輝煌龐大的天真陰謀、精細的人際觀察（一句話重音放在哪個字、從膝蓋鑑定女人的年齡等），召喚年輕讀者抱持浪漫精神投入未知的壯遊，瘋魔、衝撞、冒犯，傷痕累累毫無懼色。正如瓦斯在冒險片中太多、現實中卻太少；陰謀在現實中沒有克莉絲蒂寫得那麼複雜，但她刻畫的心理卻是現實中解謎的試金石。

**賴以威**（臺灣師範大學電機系副教授）

或許可以為經典下幾個定義：該領域的愛好者更都讀過；不是這個領域的愛好者，許多人也都聽過；影響後續的作品，在很多著作中都可以看到它的影子；值得反覆再三閱讀，每隔一陣子再讀都可以獲得閱讀的樂趣，有更多的體悟。我永遠記得第一次讀《東方快車謀殺案》時，被那宛如嚴謹設計數學謎題的鋪陳、推進給深深吸引、震撼。從這幾個角度來說，克莉絲蒂的推理小說被稱之為「經典」，可說是當之無愧。

**謝哲青**（作家、旅行家、知名節目主持人）

克莉絲蒂小說的魅力在於透過每個角色的對白，藉由不斷的說話來表現人物的個性，以彰顯其人格特質中一些無法被忽略的事實。我們從他們的言語、講話的過程和字裡行間，竟然就能知道誰是凶手。

我從克莉絲蒂的小說學到很多，除了推理小說有趣的事實之外，最重要的是，我在工作的職場跟人應對的時候，如何從語言和對話裡去捕捉某些隱而不顯的事實。許多人們欲蓋彌彰的東西，無論心事也好、祕密也好，克莉絲蒂都會用文學的手法，讓你理解語言的奧妙和魅力。

克莉絲蒂的書寫會讓你覺得彷彿自己也在現場，你可以從聽到的對話當中，學會如何理解人心的一些小技巧，這是小說家最出色、最偉大的地方。我們必須學習傾聽別人說話——這些人講話是真誠的嗎？他想要跟你分享什麼資訊？這些資訊可靠嗎？——這是我在閱讀推理小說時，最大的收穫和理解。

# 阿嘉莎・克莉絲蒂大事記

| | | |
|---|---|---|
| 1890 | | • 九月十五日出生於英格蘭德文郡托基鎮。 |
| 1894 | 4 歲 | • 開始在家自學，父母親、姐姐教導閱讀、寫作、算術和彈鋼琴。 |
| 1895 | 5 歲 | • 家中經濟走下坡，舉家搬至法國，學會流利的法語。 |
| 1905 | 15 歲 | • 在巴黎寄宿學校學鋼琴和聲樂，但生性極度害羞，未成為職業鋼琴家，最終回到英國。 |
| 1907 | 17 歲 | • 陪同母親前往埃及調養身體，對社交活動充滿興趣，但尚未對日後感興趣的埃及古物點燃熱情。<br>• 回英國後繼續寫作、參與業餘戲劇表演。 |
| 1908 | 18 歲 | • 寫出第一篇短篇小說〈麗人之屋〉，同時也寫出第一部愛情小說《白雪黃漠》，以筆名向出版社投稿，但屢遭退稿。 |
| 1912 | 22 歲 | • 與英國皇家軍官亞契・克莉絲蒂（Archibald Christie）熱戀。<br>• 八月爆發第一次世界大戰，亞契奉派到法國作戰。 |
| 1914 | 24 歲 | • 耶誕夜結婚，亞契隨即返回戰場。克莉絲蒂參與紅十字會工作，在醫院擔任護士和藥劑師，因此對藥理和毒物非常熟悉，造就後來多部推理小說情節都以毒藥殺人。 |
| 1916 | 26 歲 | • 開始嘗試寫推理小說，寫出第一部小說《史岱爾莊謀殺案》，主角偵探赫丘勒・白羅的靈感，來自於大戰期間英國鄉間的比利時難民營。本書歷經數家出版社退稿後，終獲柏德雷・海德（The Bodley Head）圖書公司的出版機會，之後並簽下另五本小說的合約。 |
| 1919 | 29 歲 | • 前一年亞契返回英國，八月生下女兒露莎琳。 |

1920 30歲 • 出版《史岱爾莊謀殺案》。

1922 32歲 • 出版第二部小說《隱身魔鬼》，主角是夫妻檔偵探湯米和陶品絲。
• 與亞契至南非、澳洲、紐西蘭、夏威夷和加拿大等國旅行十個月，在南非得到《褐衣男子》的靈感。

1923 33歲 • 三月出版第三部小說《高爾夫球場命案》，白羅再度登場。

1926 36歲 • 四月母親過世，克莉絲蒂陷入憂鬱。
• 六月在「威廉・柯林斯父子出版社」出版《羅傑艾克洛命案》。
• 八月亞契因外遇提出離婚，十二月初一次爭吵後，克莉絲蒂離家棄車失蹤，消息登上全國新聞。

1927 37歲 • 一月在悲痛心情中寫出《藍色列車之謎》，第一次創造出聖瑪莉米德村，即後來瑪波小姐居住的村子。
• 分居期間在雜誌刊登以白羅為主角的短篇小說，後來集結出版《四大天王》。
• 十二月在雜誌刊登短篇小說〈週二夜間俱樂部〉，瑪波小姐初登場，後來收錄在一九三二年出版的短篇小說集《十三個難題》。

1928 38歲 • 十月正式離婚，仍保留「克莉絲蒂」姓氏。
• 秋天搭乘「東方快車」前往土耳其的伊斯坦堡，再轉往伊拉克首都巴格達，參觀考古現場烏爾，認識考古學家伍利夫婦（Leonard and Katharine Woolley）。

1930 40歲 • 二月應伍利夫婦之邀再訪烏爾，認識考古學家麥克斯・馬龍（Max Mallowan），九月於英國愛丁堡結婚。這段婚姻開啟克莉絲蒂旺盛的創作生涯，兩人到中東考古現場的旅行為許多作品帶來靈感。

- 婚後克莉絲蒂開始維持固定的寫作行程。十月出版《牧師公館謀殺案》，是第一部以瑪波小姐為主角的小說。
- 出版第一部以「瑪麗．魏斯麥珂特」（Mary Westmacott）為筆名的《撒旦的情歌》，並陸續發表了五部非犯罪小說。

1932　42 歲
- 出版《危機四伏》。

1934　44 歲
- 出版《東方快車謀殺案》，是白羅海外辦案三部曲之一，故事靈感來自中東的旅行經歷。一九七四年第一次改編成電影大獲好評。

1936　46 歲
- 出版《美索不達米亞驚魂》，白羅海外辦案三部曲之二。

1937　47 歲
- 出版《尼羅河謀殺案》，白羅海外辦案三部曲之三，故事背景是年輕時與母親同遊的埃及。一九七八年第一次改編成電影大受歡迎。

1939　49 歲
- 二次大戰期間，克莉絲蒂在大學學院醫院擔任義務藥師，學習到最新的毒藥知識，對於推理小說寫作大有助益。
- 出版《一個都不留》，是克莉絲蒂最著名作品之一。

1941　51 歲
- 出版《密碼》，呈現出克莉絲蒂對戰爭的看法。
- 出版《豔陽下的謀殺案》。

1942　52 歲
- 出版《藏書室的陌生人》、《五隻小豬之歌》等名作。

1944　54 歲
- 以「瑪麗．魏斯麥珂特」為筆名出版第三部作品《幸福假面》，被美國書評人發現是克莉絲蒂的作品，讓她從此失去匿名創作的自在樂趣。

1950　60 歲　• 獲選為皇家文學學會的會員。

1953　63 歲　• 出版《葬禮變奏曲》。

1956　66 歲　• 一月獲頒大英帝國爵級大十字勳章（GBE）。
• 十一月以「瑪麗・魏斯麥珂特」為筆名出版《愛的重量》，是這個筆名的最後一部作品。

1958　68 歲　• 成為「偵探作家俱樂部」主席。

1960　70 歲　• 馬龍獲頒大英帝國爵級大十字勳章。

1961　71 歲　• 獲得艾克塞特大學頒發榮譽文學博士學位。

1968　78 歲　• 馬龍獲封為爵士，克莉絲蒂亦被稱為馬龍爵士夫人。

1971　81 歲　• 獲頒大英帝國爵級司令勳章（DBE），獲封為女爵士。

1973　83 歲　• 出版最後一部創作《死亡暗道》，亦為湯米和陶品絲最後一次辦案。

1974　84 歲　• 最後一次公開露面，出席電影《東方快車謀殺案》首映會。

1975　85 歲　• 八月六日，白羅成為有史以來第一次在《紐約時報》頭版刊出訃聞的小説主角，宣傳九月即將出版的《謝幕》，這也是白羅最後一次辦案。

1976　86 歲　• 一月十二日去世。
• 十月出版《死亡不長眠》，瑪波小姐的最後一次辦案。

# 克莉絲蒂推理原著出版年表

1920　史岱爾莊謀殺案 The Mysterious Affair at Styles（神探白羅系列）
1922　隱身魔鬼 The Secret Adversary（神探湯米＆陶品絲系列）
1923　高爾夫球場命案 The Murder on the Links（神探白羅系列）
1924　白羅出擊 Poirot Investigates（神探白羅系列）
1924　褐衣男子 The Man in the Brown Suit（神探雷斯上校系列）
1925　煙囪的祕密 The Secret of Chimneys（神探巴鬥主任系列）
1926　羅傑艾克洛命案 The Murder of Roger Ackroyd（神探白羅系列）
1927　四大天王 The Big Four（神探白羅系列）
1928　藍色列車之謎 The Mystery of the Blue Train（神探白羅系列）
1929　七鐘面 The Seven Dials Mystery（神探巴鬥主任系列）
1929　鴛鴦神探 Partners in Crime（神探湯米＆陶品絲系列）
1930　牧師公館謀殺案 The Murder at the Vicarage（神探瑪波系列）
1930　謎樣的鬼豔先生 The Mysterious Mr. Quin（神探鬼豔先生系列）
1931　西塔佛祕案 The Sittaford Mystery
1932　十三個難題 The Thirteen Problems（神探瑪波系列）
1932　危機四伏 Peril at End House（神探白羅系列）
1933　十三人的晚宴 Lord Edgware Dies（神探白羅系列）
1933　死亡之犬 The Hound of Death
1934　三幕悲劇 Three Act Tragedy（神探白羅系列）
1934　李斯特岱奇案 The Listerdale Mystery
1934　帕克潘調查簿 Parker Pyne Investigates（神探帕克潘系列）
1934　東方快車謀殺案 Murder on the Orient Express（神探白羅系列）
1934　為什麼不找伊文斯？ Why Didn't They Ask Evans?
1935　謀殺在雲端 Death in the Clouds（神探白羅系列）
1936　ABC 謀殺案 The A.B.C. Murders（神探白羅系列）
1936　底牌 Cards on the Table（神探白羅系列）
1936　美索不達米亞驚魂 Murder in Mesopotamia（神探白羅系列）

1937 巴石立花園街謀殺案 Murder in the Mews（神探白羅系列）
1937 尼羅河謀殺案 Death on the Nile（神探白羅系列）
1937 死無對證 Dumb Witness（神探白羅系列）
1938 白羅的聖誕假期 Hercule Poirot's Christmas（神探白羅系列）
1938 死亡約會 Appointment with Death（神探白羅系列）
1939 一個都不留 And Then There Were None
1939 殺人不難 Murder Is Easy/Easy to Kill（神探巴鬥主任系列）
1940 一，二，縫好鞋釦 One, Two, Buckle My Shoe（神探白羅系列）
1940 絲柏的哀歌 Sad Cypress（神探白羅系列）
1941 密碼 N Or M?（神探湯米＆陶品絲系列）
1941 豔陽下的謀殺案 Evil Under the Sun（神探白羅系列）
1942 五隻小豬之歌 Five Little Pigs（神探白羅系列）
1942 藏書室的陌生人 The Body in the Library（神探瑪波系列）
1943 幕後黑手 The Moving Finger（神探瑪波系列）
1944 本末倒置 Towards Zero（神探巴鬥主任系列）
1945 死亡終有時 Death Comes as the End
1945 魂縈舊恨 Remembered Death（神探雷斯上校系列）
1946 池邊的幻影 The Hollow（神探白羅系列）
1947 赫丘勒的十二道任務 The Labours of Hercules（神探白羅系列）
1948 順水推舟 Taken at the Flood（神探白羅系列）
1949 畸屋 Crooked House
1950 謀殺啟事 A Murder Is Announced（神探瑪波系列）
1951 巴格達風雲 They Came to Baghdad
1952 殺手魔術 They Do It with Mirrors（神探瑪波系列）
1952 麥金堤太太之死 Mrs. McGinty's Dead（神探白羅系列）
1953 黑麥滿口袋 A Pocket Full of Rye（神探瑪波系列）
1953 葬禮變奏曲 After the Funeral（神探白羅系列）

1954 未知的旅途 Destination Unknown
1955 國際學舍謀殺案 Hickory, Dickory, Dock（神探白羅系列）
1956 弄假成真 Dead Man's Folly（神探白羅系列）
1957 殺人一瞬間 4:50 from Paddington（神探瑪波系列）
1958 無辜者的試煉 Ordeal by Innocence
1959 鴿群裡的貓 Cat Among the Pigeons（神探白羅系列）
1960 哪個聖誕布丁？ The Adventure of the Christmas Pudding（神探白羅系列）
1961 白馬酒館 The Pale Horse
1962 破鏡謀殺案 The Mirror Crack'd from Side to Side（神探瑪波系列）
1963 怪鐘 The Clocks（神探白羅系列）
1964 加勒比海疑雲 A Caribbean Mystery（神探瑪波系列）
1965 柏翠門旅館 At Bertram's Hotel（神探瑪波系列）
1966 第三個單身女郎 Third Girl（神探白羅系列）
1967 無盡的夜 Endless Night
1968 顫刺的預兆 By the Pricking of My Thumbs（神探湯米＆陶品絲系列）
1969 萬聖節派對 Hallowe'en Party（神探白羅系列）
1970 法蘭克福機場怪客 Passengers to Frankfurt
1971 復仇女神 Nemesis（神探瑪波系列）
1972 問大象去吧 Elephants Can Remember（神探白羅系列）
1973 死亡暗道 Postern of Fate（神探湯米＆陶品絲系列）
1974 白羅的初期探案 Poirot's Early Cases（神探白羅系列）
1975 謝幕 Curtain: Hercule Poirot's Last Case（神探白羅系列）
1976 死亡不長眠 Sleeping Murder（神探瑪波系列）
1979 瑪波小姐的完結篇 Miss Marple's Final Cases（神探瑪波系列）
1991 情牽波倫沙 Problem at Pollensa Bay
1997 殘光夜影 While the Light Lasts

國家圖書館出版品預行編目（CIP）資料

問大象去吧　/ 阿嘉莎．克莉絲蒂（Agatha Christie）著 ; 張碧竹譯. -- 二版. -- 臺北市 : 遠流出版事業股份有限公司, 2023.04
面；　公分. -- (克莉絲蒂繁體中文版20週年紀念珍藏 ; 32)
譯自 : Elephants Can Remember
ISBN 978-626-361-010-1(平裝)

873.57　　112002186

克莉絲蒂繁體中文版 20 週年紀念珍藏 32
**問大象去吧**

作者 / 阿嘉莎．克莉絲蒂
譯者 / 張碧竹

主編 / 陳懿文、余式恕　校對 / 呂佳眞
封面、內頁設計 / 謝佳穎　排版 / 連紫吟、曹任華
行銷企劃 / 舒意雯　出版一部總編輯暨總監 / 王明雪

發行人 / 王榮文
出版發行 / 遠流出版事業股份有限公司
地址 / 104005臺北市中山北路一段11號13樓
電話 / (02)2571-0297　傳眞 / (02)2571-0197　郵撥 / 0189456-1
著作權顧問 / 蕭雄淋律師

2002年12月1日 初版一刷
2023年4月1日 二版一刷
定價 / 新臺幣320元 (缺頁或破損的書，請寄回更換)

ISBN 978-626-361-010-1

遠流博識網 http://www.ylib.com　E-mail: ylib@ylib.com
遠流粉絲團 https://www.facebook.com/ylibfans



www.agathachristie.com